不埋没一本好书，不错过一个爱书人

川端康成

〔日〕

Kawabata Yasunari

著

高慧勤 魏大海 主编

魏大海 高慧勤 等 译

川端康成经典辑丛

文学自传

金城出版社
GOLD WALL PRESS
·北京·

图书在版编目（CIP）数据
文学自传/(日)川端康成著;魏大海等译. —北京:金城出版社有限公司,2023. 1
（川端康成经典辑丛/高慧勤,魏大海主编）
ISBN 978-7-5155-2386-6

Ⅰ. ①文… Ⅱ. ①川… ②魏… Ⅲ. ①散文集—日本—现代②文学评论—日本—文集 Ⅳ. ①I313.65 ②I313.06-53

中国版本图书馆CIP数据核字(2022)第210521号

川端康成经典辑丛：文学自传

作　　者　〔日〕川端康成
主　　编　高慧勤　魏大海
译　　者　魏大海　高慧勤 等
责任编辑　杨　超
责任校对　欧阳云
责任印制　李仕杰
文字编辑　叶双溢
开　　本　880毫米×1230毫米　1/32
印　　张　7.25
字　　数　168千字
版　　次　2023年1月第1版
印　　次　2023年1月第1次印刷
印　　刷　天津丰富彩艺印刷有限公司
书　　号　ISBN 978-7-5155-2386-6
定　　价　48.00元

出版发行　金城出版社有限公司　北京市朝阳区利泽东二路3号　邮政编码：100102
发 行 部　（010）84254364
编 辑 部　（010）64214534
总 编 室　（010）64228516
网　　址　http://www.jccb.com.cn
电子邮箱　jinchengchuban@163.com
法律顾问　北京市安理律师事务所　（电话）18911105819

目录

初秋旅信

八月末，喜好登山运动的大学生吉村君，仰望着后山说道：

“您爬过后山吗？昨天日间我一直躺在山上。真是心旷神怡。山上秋草花开，阳光温煦宜人。”

夏天，许多朋友来驿宿看我。但离去之时，却统统将折扇忘在此处。这些折扇堆在我的房间角落，微微有点发霉的气息。

壁龛的筐中放着冬季的外套、和服以及斜纹哔叽衫等。衣物上面生满了霉点，甚至连冬天戴的帽子都发了霉，昨日托客店的仆役给晾了晾。

我是着冬装时来到温泉的。初夏曾欲返回东京，特令当铺送来了哔叽衫，结果却一次没穿。盛夏的单衣早就备齐，也都不曾用上。无论是去附近的温泉，还是去修善寺、吉奈，我都穿着客店的浴衣。

如今，又托人赴东京去取初秋的单衣。我想穿着单衣回东京。

此地有一俗语——“天城私雨”。好一个天城私雨。天城山终年笼罩在独自的雨中。受其影响，山麓亦多雨日。八月中旬，竟然连续下了十多天，害得我神经痛。写字时，手中的笔滚落掉地，按摩了三四天才好。

据说，横光利一在伊贺的上野之类的地方，遇上连续数日的长阴雨天，为此有了《碑文》的构思。也曾听说，人类若是连续一个月或一年置身雨中，肯定无一例外，都将发狂或者自杀。在这温泉的雨天之中，我亦切实地有此感受。

这里的天气反复无常。时而下雨，时而放晴。山不很高，却飘浮着团团美丽的云霭。当月光落在山涧的云霭上时，真是美不可言。

月夜，浸身在河岸的温泉之中。但见月亮衬着巨树的树叶，透出淡淡的白色。月光犹如瀑布，自树叶的间隙倾泻下来。对岸的山腹，同样罩在朦胧的白色之中。咦？那里莫非是山崩的痕迹？诧异之间，却发现那白色的物体在静静地移动。原来是雾霭。

一天夜里，女佣去关窗户，突然惊呼“着火了”。可不是，天空通明。店里的住客纷纷跑到院里，连厨师都跑了出来。

结果虚惊一场。那是别墅的电灯照亮了天空。

或因雨后的夜晚水蒸气多，小小的电灯，居然照亮了天空。

狩野川，有魔鬼狩野川之谓。在当地的地方报刊上，时时刊出魔鬼狩野川的各种新闻。去年秋天及今年八月下旬，亦即恰巧我在那儿时，修善寺桥竟然两度塌落。

这边是上游，泰然无事。但由对岸泉眼架于河上的导水管却被大水冲走了。几日前的激流，汹涌骇人。水拍巉岩，发出隆隆巨响。我却觉得奇怪，为何看不见漂浮的香鱼尸骸？想必遇上这样的激流，香鱼便躲到河岸的水洼中避难去了。一个手持渔网的男子，不顾水流的湍急，下到河边，找了一处水流徐缓的河段撒网。

茅蜩已经好久不鸣。时下鸣叫的，是蛁蟟与寒蝉。蛁蟟仍在拼命地鸣叫，但这自暴自弃的聒噪却是徒劳的。或许，喧噪是要达到生殖的目的。

它不能像锦袄子（一种善鸣的蛙）或金钟儿那般鸣啭吗？或者像蝴蝶、百合花那样默默不语。

造物主在创造蛁蟟时，一定动了肝火。因为结果是母的。造物主必定失却了矜持，乱喊大叫。造物主呀，你可知耻？

一朵白色的小花正在开放，仿佛贝壳一般坚硬。我将其握在手中，却惊奇地发现柔似棉绒。真是一种奇妙的感觉。

这么件微不足道的小事，却令感情产生了巨大的波澜。置身于此，其他所有的感情刺激都微不足道。

“山中岩石，堪谓岩石。”这是横光利一游记中的一句话。

“女人化妆，堪谓女人。”

我不由得小声嘟囔。在此山中，横光的佳句深深地打动了我。

村里有间小戏屋，悬着马口铁的招牌——天城俱乐部。我在那儿看过各种各样的表演，其中杂技最为有趣。我爱看这种危险的把戏，一旦失手，便有生命危险。表演中，所有的女郎和少年都是一副全神贯注的认真表情。他们脸上闪现出意外的美。观看之中，我也感受到精神的紧张。

临近安来节，尾崎君和宇野千代女士随后驾临。宇野女士听说之后，颇觉有趣，说是初次耳闻。

正月，中河与一一家来时，正在上演女优歌舞伎。中河在他的游记中写道，一个身着红装的女孩，在舞台上尿了裤子，竟把舞台都染红了。此外，当时的这座小屋，由看客席望得见后台以及后台的浴室。舞台上的那些女优，比普通的男优还要放荡。但退至幕后，贫弱的乳房下，却数得出褐色的肋骨。

杂技师牵着猴子和狗。一位十八九岁的姑娘，做出木偶一般的表情，模仿着木偶的语调。她让小狗倒立，尔后走钢丝。

看客中一位老婆婆不忍目睹，连说：

“好了，好了呀。太可怜了。最好别让小狗演这个把戏。”

姑娘脸上，露出木偶似的不悦。

这半年来，我在山村的温泉做了些什么？倒是去吉奈温泉打了几次台球。此外，我还从种种角度思考了人死之后的生存。

最最重要的，是我真正地领略了竹林之美。

（1925年10月）

魏大海 译

南伊豆之行

十二月三十一日

漫步长街，寒风凛冽。披风展袖，形如蝙蝠。忽然想起，该去南伊豆旅行。不是要写《伊豆舞女》的续篇吗？那就得先到下田看看。二十分钟内匆忙备好行装。赶乘一点多发往下田的公共汽车。车如流星，很快驰过天城岭盘山路。

车进岭上隧洞。洞北口已不见那家茶棚。《伊豆舞女》中的茶棚里，有一位阿婆和患中风的阿公。这个家也消失了吗？抑或是老阿公死了？距上次过天城岭，已时过八年。

出隧洞南口，眼界豁然开阔。俯瞰曲折蜿蜒的盘山公路，如沙盘模型般一览无余。极目远眺，山巅起伏的轮廓线被南国明朗的天空映衬得格外分明。我的心在激荡。这边景致我已忘却，因而此刻是全新的感触。南边的崇山峻岭一层层甩到了车后，大海的天空越来越近。风也渐猛，车窗发出剧烈的撞击声。

车到汤野小停。这里今春发生了火灾，烧毁半个村子。八年前舞女们住过的小客栈好像就在停车场附近。可如今这里却新屋成排，飘溢着木材的香味，昔日的小客栈已无从寻觅。歇了小解的工夫，车又上路。

离开汤野再进山，左方大海在望。还有下河津海滨、相模海湾。远海可见伊豆大岛。它将自己的裙裾隐没在烟霞中，恍若巨大的梦浮在湛蓝的海面。车，又过隧洞。

车到下田附近，来到河内温泉浴场。这里有什么千人汤啦、露天浴池等。街道两旁是平凡无奇的村落，其间夹杂着旅馆客栈。车没停。右方可见莲台寺，还有三四座小山。正茫然分不出哪座是下田富士时，车已过桥，驶进下田市。

在下田汽车总公司前，车停下来。这是一座气派而堂皇的西式建筑，还有很排场的车库。三点十分。四十多公里山路，两小时跑完。

我问有无去石廊崎的汽车，回答说那里不通汽车。又问是否有船可乘，回答说，没准儿。到码头去问脚夫，回答说，风太大，开不了船。于是再问马车驿站。怎奈我听时心不在焉，没记住去路，只好返回汽车公司。

我终于被迫放弃到石廊崎瞻仰元旦日出的计划。石廊崎在伊豆半岛最南端，最负盛名的是海浪与礁石搏斗的奇景。我想到那里观赏广阔无垠的大海上喷薄跃出的年初红日，迎来晴朗爽快、雄壮庄严的新年第一晨。多少年前，每次来伊豆都幻想能有这么一天。

无可奈何，我只好更改计划，乘四点钟的公共汽车去下贺茂温泉。刚在候车室呆立片刻，去南线的三路车就满员了。等得不耐烦，我又找一辆车返回莲台寺温泉。可是挂塚屋也满员，拒不收客。司机又把我领到了会津屋。他很有把握地说，现在会津屋的服务倒比挂塚屋好。

我被领到二楼，随即泡进温泉池中。泡完就问有无珠宝店，有无围棋俱乐部。回答说都没有。莲台寺位于田野中，风光已不如从前可人。我想，真不如去柿崎的阿波久旅馆。刚吃完晚饭，就听到有轨马车鸣笛，我立刻冲进大风中，上车去下田。一进下田，便看到河口岸边灯火点点，很有几分情调。信步前行，却来到荒寂的旷野。心中一惊，转身返回，仍然一味徜徉在街头。那条有《黑船》杂志社和下田俱乐部西餐馆的大街，我来回走了不知多少趟。寒风刮得我东倒西歪。从一家与下田相称的、挺气派的饭庄，我又来到了海边。出乎意料的是，我看到一轮硕大的明月，正在波涛上濯洗自己的玉体——十六夜晚的皎洁满月。除夕之夜顶着寒风眺望海上明月，别人会不会误解，把我当成疯子？于是转身回头，又在街上闲逛，买了一双便宜的毛线手套。街上有许多廉价娼家，但于我无用。坐上有轨马车，返回莲台寺。一进屋，便感到了南伊豆的温暖。

读完刊载在《文艺时代》新年号上的十篇作品。

隔壁一房客从下田招来了艺伎，正在挖苦、辱骂她："你这等人有权利坐在坐垫上吗？"临到进被窝时，却听艺伎诉说腹痛。房客陡然变得百般温存、甜言蜜语哄劝。想那艺伎腹痛是假，报复是真。此法真乃高明。

"要我给你揉肚皮吗？"

"是肚子疼！"

"肚子在肚皮里嘛！"

如此对答，实为罕闻。

一月一日

我被摇醒了，睁眼一看是女佣。已是上午九点钟。喝屠苏、吃杂煮。

我让店里打电话，询问有无开往石廊崎的轮船。回话说，今天仍风大浪高，轮船不开。又让店里帮我预约南行的公共汽车。在等十点的有轨马车时，还想趁此机会去拜谒被视为国宝的大日如来佛像。正走着，马车来了。上车后车夫说，码头上没有很大的轮船。这意味着社会上不景气。昨晚虽是除夕夜，也只是伊势町大街和横町街上行人多一些，其他街道全都昏暗无光。

来到汽车公司，北边就是神社。参拜的女子来往如梭，络绎不绝。新年初次参拜，我在神前祈祷文运长久。抬头一望，匾额上写有“八幡宫”三个大字。两个姑娘击掌垂首拜神。来者中烟花女子甚多。神社另一侧是小学校。镇上的权势者们结束贺年会，三五成群出得门来。离发车还有二十分钟，我又上街去转，却怎么也找不到八年前住过的客店。

十一点五十分出发去下贺茂。途中穿过两三个小隧洞，不时地望见大海。今天风仍很大。车到某处小憩时，我向人问起下贺茂的方位。回答说已经过了两里地。我吓了一跳，慌忙下车。汽车从下田往西，还要跑二十里路。在田间步行一会儿，就见前方有处温泉井，用苇帘围着。上空雾气蒸腾弥漫。我想，这恐怕就是那有名的自喷温泉。听说能喷一丈高！顶着大风，沿青野川向下游走去，左边有一爿商店，叫福田屋。再向前走一里多路，就到了纪伊国客店。房东是普通的农家，称客房已满，将我拒于门外。有位西装革履、提大皮箱的绅士，也面带忧虑，呆然伫立风中。我走进一家叫汤端屋的客店。由于风势太猛，风雨窗全部关严。温泉水略带乳白色，内部浴池水很烫，根本无法下去。我就拽着腰带，过桥到公共澡堂去。客店老板娘急急火火追上来，跟我算午饭钱。牛肉砂锅和炖大头鱼等，共七角钱。她说，去石廊崎要翻山越岭走二十多里险路。这么大的风，上不得路的。看来，石廊崎不欢迎我去。

后经询问得知，下贺茂遇上大风天是很可怕的。而且这里处处是农田，风景不美。客店也太简陋，令人无心多住。饭后立刻出门，去参观那有名的温室。这温室大是挺大，可净养些康乃馨之类的石竹科草花。有些花蕾已开始绽放。这地方，庄稼地里也有温泉喷口，而且水量很大。忍竹繁茂，仿佛河岸的芦苇丛。这恐怕就是下贺茂的特色吧。向前走一里多路，沿街有几家马车客店，我便在此乘上马车。

到下田，我又赶到汽车公司。恰好四点，有汽车发往海岸线。司机说："你好！"是昨天那位开包车去莲台寺的司机。我赶忙上车。车爬上山，下田港尽收眼底。所有的船都挂着国旗。在这条去下河津的山道上，看山观海都是十分美好的。时隔多日，我又看到了天涯海角那姹紫嫣红的晚霞。车到滨桥用了五十分钟。再步行一里多路到谷津温泉。周围散落着一些还算像样的客店。看来，我可以不为新年第一晚该在哪儿睡觉发愁了。观光指南上介绍，一流旅馆有石田屋、发髻屋和中津屋。从外观看，中津屋似乎不错，于是我走了进去。旅馆建筑略简易，不过感觉蛮好。到了这会儿，悬着的心才算放下来。这一路的奔波已使我痛感人在旅途无宿可投的滋味。现在，情绪也渐渐平静下来。走到哪儿，哪儿就是家。可也就几乎丧失了旅途中常伴随的那种灵感。旅行的兴致也随之减半。以前如此，这次尝到的失落感更是刻骨铭心。

这里的饭菜还不错。店主说过他要来与我对弈，可现在酒席未散。我等不得，就去剧场听说书。说的是车夫村田省吉的故事。一个多小时后，我又回到旅馆。

进了浴池，只见一个五十岁出头的男人正在池中饮酒。

"来这儿的游客中，哪怕只有十万分之一是东京的，谷津也就发了。可现在却只有百万分之一。每年也就五十位左右。"

据他说，每年能有五千万游客来谷津观光。过了片刻他又开口讲下去。

“我是本店的主人。可是——”这时，他指着一位刚进浴池的女子说，“事实上的主人是她。总之，旅馆这一行中还是女老板吃香！”

这时只听吆喝声四起，想必是家家户户在比赛歌留多诗牌。这温泉水正像店主说的，太烫了，进被窝竟感到闷热。半夜，我掀掉了一层被子。

一月二日

八点之前起床，去汤野的汽车十一点五十八分发车。从汤野到汤岛的汽车十二点二十五分出发。这样，就不能在汤野多逗留了。倒不是想看汤野。而是因为，听那些翻山越岭来汤岛的学生说，福田家有一对姐妹长得非常出众，就想去看看。我让老板娘帮我租一辆去汤野的马车，她却反复说这样不经济，不如等汽车，或者干脆步行八九里路去。不管她怎么说，我先离开了旅馆。住宿费两块钱。这家旅店也有一位可爱的女孩。白天挺暖和，用不着火盆。离海近，光线也明亮。风景在南伊豆温泉浴场中首屈一指。谷津是伊豆半岛内陆的一等避寒胜地，似乎能在这儿写点文章。如果汤岛太冷，今年可到此地过冬。西餐馆红火不起来，已经关门。还有些人家，像是做皮肉生意的。其他诸如来宫神社、南禅寺、河津三郎公馆遗迹、赖朝旅馆等，都无暇去看。

一辆马车过来，送行的女佣为我交涉妥当，我便上了车。车上都是去汤野参加葬礼的老阿婆。汤野的福田家已改建一新，非常气派，八年前的旧模样荡然无存。当时的福田家还是把隔扇顶部开个小窗，装上电灯，两屋共用，房顶也是稻草铺盖而成。这些都已成旧梦。店主还记得我，那位告诫我请流浪艺人吃饭不值得的老阿婆已经离开人世。《伊豆舞女》关于汤野的描写中，尚有两三处谬误。

端饭上菜的姑娘的确算得上美人，长得丰满艳丽。然而，她并非店主的女儿，而是来自莲台寺的女佣。准没错儿，在我的记忆中，店主并无此等风华正茂的女儿，她与另一使女亦非姐妹。得知她俩的来历，此行目的达到。我打算乘十二点钟的汽车翻过山去。

今天才一月二日，梅花就已含笑开放。

跟店家说好，钟打十二点时叫我。可后来他们催促我赶到车站时，十二点二十五分的车已发出。又去候车室找莲台寺的司机，找了三次，碰巧有三辆去修善寺的空车经过这里，于是求他们载我一程。两点多到达汤岛。这前前后后加起来三百里行程，堪称汽车旅行。

几乎与我同时，桥爪惠夫妻和他们的朋友桑木夫妻也来到汤本旅馆。晚上，我们下五子棋，玩克郎球等游戏。后来，我又提着灯笼上街去转，遇到了中条百合子女士。她像是要去观赏农民戏。后来我向厨师打听才得知，天城岭隧洞北口的茶棚已不存在，中风的阿公死了，阿婆如今在修善寺附近的山岭上。

汤岛这样山清水秀、风光旖旎的地方，在伊豆温泉浴场是寻找不到的。

一月三日

新年初雪，洋洋洒洒。

（1926年2月）

侯为 译

东京女性

岁末，当我时隔一年再次进京时，最令我吃惊的是：东京的女性几乎全都显出一种可怕的病态。只有女学生看上去健康。她们的憔悴与病态，无论是由于生计，还是由于情欲，总之我痛切地感到，大都会女性的生活是极不自然的。我自认更深一层地领悟到：与男性相比，女性是多么不幸。住在乡下不太理会这一点。因为在山间、田野的生活中，男人和女人得到的恩惠是相差无几的，不像都市生活中那么悬殊。

石滨金作在他的《男女之美》中，描述了男女共同劳作的美好。然而观察如今社会上男女共同劳作的情景，却感到并不像田间耕作的男女农民那样自然。似乎只有农业，才是男女共同劳动、得天独厚的世界。在这个世界里，尚未发现关于男女共同劳动的新问题。谁能预料，都市中男女共同工作，何年何月才能变得像田间耕作那样自然、和谐。况且，在农村，即便存在女性守在家中的现象，却并没有都市女性那种被关在家中的感觉，或许因为门窗都朝向大自然敞开着。而且，恐怕没有多少都市女性，能像农家妇女那样理解丈夫所从事的劳动。当然，这只是从表象得到的感觉。在这种问题上，却不可能有表里完全相悖的表现。

我曾写过这样一段话："东京女性，不论品行如何端正，也不论品行如何恶劣，总摆脱不了一种无可名状的怪气。可是乡下女性，哪怕其品行再恶劣或再好，看上去都那么自然。”即使论容貌，在山野、田园干活儿的女性也不显得怎样丑陋。而在东京，却有太多的女性令我感到奇丑无比。进京时我期望值过高是一个原因，错以为东京女性个个美若天仙，主要原因毫无疑问是都市构成了一种对女性容貌十分敏感的生活模式。这对女性是福是祸还很难定论。此外，化妆的乡下女性有相当多的人非但不自然，反而有一种滑稽之感。她们衣着简朴，只在脸面的时髦和摩登上下功夫，损害了女性的整体形象。加之，就连身材矮小的女子都梳上遮鬓掩耳的发型，让人联想到蔓菁顶了只炒瓢的样子。她们的这种努力使女性整体形象表现出寒酸和可怜。或者，贫穷的肉体透现出一种不健康的表情。我长期在温泉居住，习惯了男女混浴。所以，即使女性穿得很厚，我也能看出她们的体形轮廓。东京街头的女性，使我更加悲哀惆怅。

总之，现代都市生活对女性来说，包含着数倍于男性的不幸，而且正继续把女性引向更多的不幸。职业女性也好，现代少女也罢，在乡下出身者的眼中，都是那么不自然、那么滑稽、那么悲惨！只有女学生例外。她们似乎是现代女性中最幸福的一群。其次较为自然的，是那些有着和睦家庭的、温文尔雅的年轻太太。

我并不认为必须等所有人入土之后才能迎来女性幸福、健康的时代。不过，东京女性承受着男性、都市的双重压迫，却是令人痛楚的事实。如果女性在得以从男性压迫下解放的同时，也能从都市压迫下解放出来，那才真是可喜可贺。不过，反过来说，只要她们得以从都市压迫下解放出来，也就自然而然地从男性压迫下解放了。

（1926年3月）

侯为 译

温泉女风景线

东京会馆婚宴的最后一道甜点用毕，宾客们来到休息室，如同登上身披庆典盛装即将下水的新轮船，享受着令人眩晕的豪华气氛。新娘正在化妆室洗头发。待美容师用电吹风为她吹干湿发、梳理成洋发型后，这对新人将踏上蜜月旅程。他轻拍新郎的肩膀，自己却先红了脸。

“你还是要去伊豆温泉吗？”

“嗯。我们从热海绕到伊东，再去山里的温泉。”

“可是，那不是太一般了吗？搞得更圣洁一点嘛！”

说到这里，他又打住了。哪里会有适合新婚夫妇的仙境圣域？难道劝新郎新娘到龙宫或月宫去，变成水晶人吗？

“比如说，乘坐去欧洲的轮船到下关一带，或者到信州的大山里，去过过野营生活——这样的蜜月旅行不是更新奇、更能留下美好回忆吗？”

新郎却只是笑。对他来说，难道还有什么比新娘更新奇、更能留下美好回忆的？也许这才是新郎想说的话呢！

“要在一夜之间留下新奇、美好的回忆，什么都比不上圣洁的新娘！”

开往热海的末班列车七点出发。新婚夫妇乘汽车从国府津出发，沿海岸行驶了十七英里。当汽车驶出漆黑的、形同蝙蝠双翼的森林路口时，猛的一个急转弯，几乎要冲向月光粼粼的大海。新娘就势挪身凑近了自己的丈夫。

“实际上谁也无法保证不会冲进海里去。据说司机常在傍晚或月夜产生幻觉。我还听说，特别是乘客带着漂亮的女伴时，常出事故！”

“啊——”新娘的肩膀颤抖了一下。新郎这才用手臂搂住新娘肩膀。月色如纱，远处那洒下点点渔火的海岸线变得朦胧稀疏。

躲在深山温泉旅馆的情侣们最冷清。温泉乡的恋情最令人心碎。这个女孩看起来只有十四五岁，腰间只扎一条布腰带。旅客登记簿上写着女孩是妹妹。可是，当女佣去为他俩铺被褥时，男的却说：“铺一床就可以了！”于是，女佣在游客之间暗传流言蜚语。少女像怯懦的雏鸟缩在窝里似的，不敢出屋一步。深夜两点多他去浴池，那对情侣正在偷偷地洗澡。少女双肘撑着池边仰卧水面，伸展双腿一开一合地打水。看到有人闯进来，赶忙坐起用双臂掩抱住前胸。他离去之前，女孩一直蜷身伏在池边，头也不抬。他刚走出去，立刻听到少女稚嫩、爽快的嗓音：“我来为你擦背！”

他心中一阵痛楚，来到河滩上。少女的肩膀、乳房，还有——短短十天内，原来那小树般健康舒展的纤纤之躯已开始丰满，透出一种迷人的女性风韵。正因为想到这惊人的变化，他才想阻止新郎去温泉。

只有那位少女的房间，一到八点，就能从河滩上看到白色蚊帐。每晚，手执团扇的浴客聚集在河滩方亭。只是不见××两个女孩的身影。姑娘们这时带来了花纸包着的、像漂亮玩具似的西式点心和各式各样的烟花。

“这是你们感情的标志吗？”恐怕会有人说这种话的。

姑娘们点燃烟花，向飞过溪流的萤火虫喷射。

“我也来点一支！”大大咧咧的画家瞄了瞄二楼窗口，冲上面放了一炮。这下可好！火球飞进那对情侣的房间，把白蚊帐燃着了。河滩上的人群大呼小叫地冲进了少女的房间。只见少女绝望地瞪着双眼，撩着裙摆惊恐万状地绕着燃烧着的白蚊帐跑。

第二天清晨，这对情侣不见了。

当年买来烟花的少女之一，如今已踏上了蜜月旅途。这位表妹比蚊帐被烧的少女大一岁。有着洁白如玉的肌肤。和所有来温泉的女人一样，最初几天，每次去浴池时都会扫兴而归。

“还是不行，池里有男的！”四五天后，她就对混浴无所顾忌了。反倒是他想把女孩掩护起来，免得那些男人盯着看。

新婚夫妇蜜月旅行的第一夜，该是在热海山腰的万平饭店。那儿的每套客房都引入了温泉。

不知要到第几天，新郎才能听到新娘的呼唤。

“你来呀！这温泉水真棒啊！”

他想，在这之前，应该先到月宫去变成水晶化石。

有温泉必定有海，或有河，或有山相伴。激流深潭中戏水的农村孩子们，玩累了就蹲在对岸的岩缝间歇息。

“为什么孩子们都去那块岩石旁？”

“因为那里有温泉啊！一到冬天，常有候鸟到那儿去。我们想捉鸟。过去一看，才知道那儿有一眼温泉。那是小鸟的温泉浴场！”孩子们答道。

她在温泉瀑布下浣洗秀发。这道瀑布，是凿开一块形如大象的岩石，再接上竹筒修成的。温泉水顺着竹筒流下来。见山溪中可以游泳，她便让家人从东京寄来泳装。穿着泳装洗好头发之后，顺手扯一根蔓草扎起来。她蹚过浅滩，走向那小鸟的温泉浴场。前方是碧草萋萋的一面斜坡，冬天会是极美妙的滑雪场。

她朝青草坡走去，穿过杂树林时，迎头碰上一位身背行囊的青年。

“请问……”

“啊？！”她大吃一惊。同时也为自己的异样装束感到难为情。因而，无法掩饰绷着泳装的胸脯的急促起伏。

“去温泉旅馆怎么走？我翻过山来，本想抄近道，不料却迷了路。”

“就在这条河的对岸。您想蹚水过河呢，还是想绕过去？”

“你呢？”

“我？——我这个样子，没法走大路啊！”

“那我也蹚水过去吧！”

过河时，湍急的水流猛烈冲击她的双腿。她不得不死死抓住青年的手杖。

“您是在采集高山植物吗？”

“不，我只是在山里胡乱转转罢了！”

“可是，您身上有一股高山植物的气味呀！还有高山的土和岩石的气味——”

“要这样说，你刚才倒是有股温泉的气味！我在石峰上攀来攀去，都一个星期了！累得快不能动了。温泉味使我怀念母亲的怀抱！”

高山植物和山石气味——仅此而已。她与登山的青年同乘马车，一路颠簸，离开了温泉高原。

“把窗帘拉开吧！”她把整个窗帘全部拉开，让巍峨群山的雄姿展现在眼前。青年快活地吹起了口哨。人们说，住在山那边的人，是幸运的人——一定是这首歌。她莞尔一笑。

“对我来说，这首歌才是最真的！”

在温泉旅馆，向女佣打听她们的身世是最最愚蠢的。她们多数都是到搞服务业的人家当女佣，每个人都经历过一两次家庭或爱情的悲剧。然而，如果你住一个月都不苟言笑，说不定就会有人尖刻地挖苦你：“女人在给你铺被子呢！”

但有一点，她们无一例外地都万分惧怕“老奸巨猾”，认为这是世上头号罪恶。从未离开过父母的少女无法想象。甚至可以这样说：女性离家外出做工，实际是面对“奸猾”的艰苦斗争。

有个女孩，自称东京女子医专学生。来到山里温泉浴场后，自鸣得意地吹嘘自己，一生要拥有一千名情人。似乎要学那车站检票员，凡是到温泉来的男人都得在她这儿过一剪子。

“‘剪千人的’到河滩去了，快走呀！”旅店女佣急急火火赶到公共澡堂报信。呼啦一家伙，村里的小伙子都上了后山。一阵乱石投向河滩上幽会的女孩。逃离时，女孩在石缝里扭伤了脚。即使如此，女佣也不可怜她。

这个小姑娘十一岁时死了母亲，独自一人把刚出生的婴儿养大。她外出捡来客人吸剩的烟头给父亲，在家中悉心照料生病的父亲。当他凌晨四点到浴室去时，只见女孩在浴池里，无力地伏在池边酣睡。

“那个小百货商又来了。我想在这儿待到天亮——”她一边说着，一边用手指撑开倦涩的眼皮。可是，她笑得那么爽朗。

小百货商是每月底到各村来讨账的商人之一，他有个十来年不改的老毛病，喝醉酒必定要往女佣屋里钻。女佣们有时在被窝里放个布娃娃，有时放一团蒺藜，或冬天塞一只冰袋。她们绞尽脑汁保卫自己的被窝，然而即使走廊门上锁，那家伙也要从后窗爬上来。有时房东阿婆睡在那屋，他不知内情，也钻人家被窝。第二天被发觉时，他顶多挠挠头就没事了。夜闯闺房就像玩儿似的，一月一次。有时女佣也会放松警惕，否则就得在浴室过夜。

可是，想方设法守身的小姑娘，却被那夏天的候鸟从旅馆拐走。——候鸟这个说法颇有诗意，实指夏季温泉浴场忙乱之际那些馋狗一般来历不明的年轻人。秋天，年轻人便会收到不知发自何处的来信。

“啊——，令人怀念的山间温泉哟！令人哀愁的旅途苍穹！昨日向西，今日向东……”

这无疑是她在温泉旅馆的评书杂志上读到的美词佳句。山外还传来风言风语，说她被那男的带着东跑西颠，到最后还被卖掉了。风言风语真是难以捉摸。

“剪千人的”女人是一种娼妇，而向她投石的小姑娘，最后却也沦为娼妇。她们的不同之处只是在于：一个是活得无悔无憾的女人，另一个是与悔恨相伴终生的女人。问题在于，那小姑娘为同“老奸巨猾”抗争所吃过的苦头，如今看来又有何意义？

具有都市特色的温泉浴场，虽然也有男池女池之分，但在它的走廊中却弥漫着淫靡的脂粉气。此外，刚到旅馆，它就会给人一种被迫掏茶钱的印象。不过无论到哪家温泉旅馆，都看不到现代娱乐场所那样的新式设备，到处都是大都市郊外的情人旅馆。四处漂泊的江湖艺人逐年减少，古老的风情已失去了生命力。

所到之处，玩的无非就是弓箭、射击、台球、围棋、东京儿童公园似的游乐场；卖的，无非就是温泉豆、温泉煎饼、温泉染织物等特产。即使是所谓现代化温泉游泳池，也与传统的“千人浴池”差不了多少。饭店的设备与都市相仿。如果没有新奇的娱乐设施，旅客们就会兴致大减，更不用说女客们会怎样了。尽管客人们被全套浴衣包裹着，被温泉水汽熏蒸着，而且整个旅馆都变成了社交俱乐部，还时时开放出疯狂的浪漫花朵，但日本温泉业主的无能仍令人吃惊。只有当学校放假，女学生们迈着马蹄般的脚步纷至沓来时，温泉乡才迎来健康季节。除此之外，只有病态的浪漫情调。

在温泉旅馆待久了，每天都看送客的马车接二连三离去，油然产生一种被遗弃的冷落感。这种感受或许与没有孩子的女人相似。传说这里是能生孩子的温泉乡，这里常年四季永远是女人最多。一心想做母亲的女人在此乱了方寸，永无休止地演出疯狂的浪漫故事。

（1928年8月）

侯为 译

临终之眼

竹久梦二要在榛名湖畔兴建别墅。去年夏季，他又来到伊香保温泉。而于此不久，时值古贺春江头七的那天晚上，大家先是品评当今女性喜爱的插图画家，竟又不知不觉地转换为怀古念旧的话题。大家充满温情地念及梦二。席间，画家栗原信说道，明治年间以至大正正初，作为风俗画家抑或情调画家，梦二可谓出类拔萃。他的画作不仅受到少女青睐，即便已届不惑之年的男性亦会为之感染。他风靡一时，这是近期的插图画家所望尘莫及的。当然，梦二的绘画与梦二亦将伴着岁月而淡漠。但对我来讲，梦二仅仅联结着少年时代的梦想，我难以想象出梦二衰老之后的模样。正因如此，当我在伊香保初识梦二时，委实不敢相信自己的眼睛。

梦二本来就是一位颓废画家，但颓废竟这般加剧了身心的衰老，令人目不忍睹。颓废是通往神境的叛逆之道。但不妨说，实际上又是一条捷径。我眼前出现的，是一位颓废早衰的大艺术家。我的痛苦更趋强烈。这副模样，小说家中并不多见，在日本的作家之中更是殆无所有。当时，我只觉得自己绕了个大弯。因为梦二一直给人以十分乐观的印象，此刻却现身说法地告诉我，我误解了梦二孜孜以求的绘画之道。作为艺术家，衰老乃无法挽回的悲剧；而作为一个人，或许又是一种幸福。当然，这是虚构。这种暧昧的语言令人无法容忍。而于此妥协之中，我又感触到一缕轻拂的南风，告知我淡忘一切。因为我觉得，恰恰相反，人类更了解死而不是生。人类因此才得以生存。如果要“靠女人求得人性的和解”，便会有斯特林堡式的爱情悲剧。如果说规劝所有的夫妇离婚是缺德的，那么，主动地放弃成为一个真正的艺术家恐怕也会悖逆良心。

我们身边，尚被称作小说家的有广津柳浪、国木田独步、德田秋声等。但不可想象有哪位作家，期望自己的孩子亦为作家。我想，艺术家是不能代代相传的。父祖的血脉历经数代，才会开出一朵小花，当然亦有少数例外。考察现代日本作家的家谱，许多都是出自名门世家。妇女杂志、红星女优身世传奇以及“创业物语”之类的通俗读物，大多数作者乃是代代相传的世家名女。这类女性几乎没有一个出身卑微，令人惊异的乃是一种十分近似的现象。如果说，电影公司玩偶一般的女演员亦敢妄称为艺，那就未必仅仅出自虚荣抑或宣传的虚构。有人相信，作家的产生基于世家代代传袭的艺术教养；另有人认为，产生作家的世家传统往往是病弱无力的，有如残烛之焰，将趋近毁灭的血统燃烧于临终之境。这已经够悲剧了，更有甚之，作家的后裔少有茁壮、繁茂者。无疑，现实的例证更加雄辩，必定出乎诸君的想象。

如此说来，正冈子规是真正的艺术家。他于死亡的病痛之中挣扎，又为了艺术苦搏不已。然而，我却绝对不想效法于他。如果患上绝症，卧病不起，我将毫无眷恋地忘掉文学。不能忘却，便是修行不深，我将继续祈祷，拂除妄念。在这个世界上，我无依无靠，孤寂茫然地生活；我也时时窥见死神的面影。这不足为怪。回首往昔，我并未写出什么值得称道的作品；但不定何时，种种构思又会在脑子里面风起云涌。到那时，想死也死不干净。然而心机一转，悟出此即妄念。将一切价值弃之不顾，才能无牵无挂地奔赴安乐之土。我讨厌自杀的原因之一，正在于想到死而后去死。也许你以为，我一定在撒谎。我当然不曾见过死神的面。一旦抵临彼境，绝息之前，我或许双手战栗于虚空之中，宛如平日的写作。然而芥川龙之介临终的时候却说："两年以来，我总想到死。"我亦不知，他为何要留下一部遗作——《写给一个旧友的手记》。我感觉有些遗憾，甚至感觉那部遗书是芥川之死的污点。

此刻，我一面撰写文章，一面翻开了《写给一个旧友的手记》。突然间，遗憾的感觉消失了。芥川于此说明自己不过是一个凡人。果然，芥川在"附记"之中亦写道：

> 我读了恩培德克莱斯的传记，感觉到将自己看作上帝的欲望，实在陈腐得很。我认识到这一点，因而手记之中绝未将自己当作神。不，我要自愿地做一个最最普通的凡人。你还记得吗？二十年前于那棵菩提树下，我们讨论过《埃特纳的恩培德克莱斯》。那个时代，我多么希望成为一个神。

而于此前的正文结尾，他说：

> 所谓生活能力，实际不过是动物本能的别称。我自己也是一个人面动物。但是，从倦怠食色这方面看，我正渐渐地失去动物性。如此，我栖息在一个冰雕一般透明、具有病态神经的世界中。昨夜，我同一位妓女说起过她的工薪（！）问题，更加痛切地感觉到我们人类"为生存而生存"的悲哀。如果，我们能甘心情愿地永久睡去，不啻是自身的幸福，更是一种和平。然而，我不知自己何时能够毅然自杀。当然谈论此类问题

时，我发觉唯有自然，比凡常更加美好。你也许嗤笑我自相矛盾。一方面热爱自然的美好，一方面又要自杀。可你知道吗？自然的美是在我的临终之眼中映现出来的。

的确如此，在修行僧“晶莹若冰”的世界里，燃香的呲呲声，听来仿佛屋舍着火；香灰掉落，则有如电闪雷鸣。一切艺术的极致，都是这种“临终之眼”。对于芥川，无论作为作家抑或作为文人，我都难以产生敬仰之情。没错。因为我无忧无虑，尚且年轻。于这般无忧无虑之中，不经意间我也走近了芥川赴死的年龄。我愕然回首，重新审视故人，竟至哑口无言，最好什么也不要再说。此时，我生出另外一种安心之感，亦即一方面感受到羞耻；另一方面，又暗自庆幸自己尚且活在世上。重读芥川氏的随笔感想也会发觉，那些文字绝非博览强记式的骗术魔剑。芥川临终前发表的小说《齿轮》亦曾令我由衷钦佩。言及“病态神经的世界”，此前印象尤深的正是芥川的临终之眼——一种近乎疯狂的恐惧。因此，赋予芥川“临终之眼”者，或为沉思两年的自杀信念，或为更趋深层的潜在意识。总之，某种微妙的交融已超出精神病理学的范畴。不妨说，芥川在《西方之人》和《齿轮》两部作品中，以生命做了赌注。横光利一的《机械》，无论于其本人抑或于日本文学，都是划时代的杰作。但在作品发表之时，我曾写下这样的话：“作品使我产生了幸福之感，同时又令我感觉到深深的不幸。”因为在我羡慕、祝福朋友的成功之前，我首先感觉到莫名的不安，沉浸于茫然的忧愁之中。后来，我的不安大抵消失了，他的痛苦却日趋强烈。

“最为杰出的小说家，常常都是实验家。”“诸君记住，无论散文、韵文，一切规范皆源自天才的作品。但是假定，一切最好的形式已被发现，从伟大作家的研究中（他们起步时多为偶像或圣像的破坏者），我们已可引证出文学的法则。于是，对这些形式或法则的破坏，便因超出传统而备受责难。那么，我们也必须主动地承认，我们的文学阻碍了文学的发展，一切阻止文学发展的传统，皆无生命力。”（J. D. 贝莱斯福德《小说的实验》，秋泽三郎、森本忠译）“实验”的出发点或有病态之感，然而却是乐观的，富于生命力。“临终之眼”亦可称作“实验”，但常常通往死亡的预感。

其实，我并未时刻自勉“我于生命无反悔”，只是因为惊人的健忘或是缺乏道德自省心，我才从未被后悔的恶魔所俘。然而一切事物，日后想来，皆有其发生了结的理由，丝毫不足为怪。也许，那正是神的惠赐，或者是人类的悲哀。总之，不料我这想法竟至符合天理。如此看来，无论多么平凡的人，都会在一瞬之间抵达夏目漱石奉为信条的“则天去私”。以死为例，人不想死亦得死，人人皆有濒临死境的一天。杰出的艺术家在其作品之中预示死亡，已是屡见不鲜的常识。创作的特殊价值亦在于此，似乎无法以当今的肉体或精神科学加以阐释。

我与两位艺术家朋友早已幽明两境。一位是梶井基次郎，一位则是古贺春江。男女之间，尚可生别；而艺术上的朋友却唯有死别，没有生别。许多旧友，与我已中断联系，音讯杳然，其中亦有发生争执、反目为仇者，但我从不认为自己失去了这些朋友。我早想写点儿缅怀梶井与古贺的文章，可是记性极坏。只有一一追问故人亲朋或我的妻子，才能重新获得具体印象。死者故旧的忆笔，人们往往轻信不疑，而实际上却有颇多不可信处。毋宁说，小穴隆二的《两幅绘画》即令人不解。他的本意，是想探明芥川龙之介的死因，但我不知他为何那般文辞激越。芥川亦曾写道："无论真实与否，我认定，有两三位朋友，我从未对他们撒过一次谎。因为他们也不对我撒谎。"（出自《侏儒之言》）我并不以为《两幅绘画》是谎言。然而，写实小说的作者力求绝对的真实，反倒距离现实更远。这种说法并非诡辩。安东·契诃夫和詹姆斯·乔伊斯的共同之处在于，他们没有运用写实的手法。

> 一切文学类型，皆产生于词语的某种特殊用法。小说为了向我们展示一个或几个虚构的"生命"，可以随意运用词语直接表意的功能。它设定若干虚构生命的作用，时间地点，尔后叙述事件，总之以充足的因果性将一切联结起来。
>
> 诗的特性在于直接激活我们的感官，在听觉、声音、形状以及富于节奏的表现中，实现正确的、脉络清晰的关联。也就是说，诗的极致是歌。相反，小说的目的，则是在我们心中持续地煽出日常性的不规则的期待。亦即现实之中究竟发生了什么？进而言之，作家的技能，不过是现实事件的奇妙演绎，或效仿现实的一般顺序。诗的世界，是词语装饰与机会的纯粹体系。所以，本质上它封闭于自身之中，它是完美的。相反，小说的宇宙即便是幻想式的，也将连接着现实世界。宛若颇似实景的绘画，近在咫尺，观赏者看得见摸得着。
>
> "生命"与"真实"，是小说家关注与理想的对象。表面上，这种对象关联于小说家纳入构思的观察——不断导入可以认知的诸要素。小说的纬线是真实而随意的细节，它将读者的现实生存，连接到作品中各类人物虚拟的生存中。尔后，那些

模拟物便会具有奇异的生命力，这种生命力，乃使模拟物于我们的想象之中，能与现实中真正的人物比较。无形之中，我们竟将心中的一切人物，托付给那些模拟的人物。因为，我们的生命能力中包含有创造生命的能力。我们托付于模拟物者越多，作品的价值也就越高。（保尔·瓦莱里《普鲁斯特》，中岛健藏、佐藤正彰译）

梶井基次郎已故三年，后天又是古贺春江的四七，悼念他们的文章，我却仍未写出。做梦也没想到，我竟如此不够朋友。芥川在《写给一个旧友的手记》中也曾写道："说不定，我会逃避自杀而乞求病死。"不难想象，他走近死神时前思后想，结果发现还是病殁的方式最为妥善。无论怎样厌弃现世，自杀都不是开悟之举，哪怕已修德圆满，自杀者仍距圣境遥远。梶井和古贺的生活方式是隐遁式的，实际上又雄心勃勃。他们是无与伦比的好人，却又仿佛走火入魔，尤其是梶井。他们显然是东方式、日本型的艺术家，身后未必期待我为他们撰写什么回忆录。据说，古贺好些年前也曾想过自杀。什么死是艺术的极致、死就是生等，简直成了他的口头禅。然而据我理解，那并非西方式的死亡赞美。他生在寺院，毕业于宗教学校。因而，那是一种刻骨铭心的佛家思想的显现。到头来，古贺似也认定，患疾而终是最好的死亡方式。也许，他的本愿即完全地回归孩童境界。他连续高烧二十余日，神志不清、睡眠一样地死去。

我不明白，古贺缘何对我持有一些好感。我倒一直在探寻文学的新倾向或新形式，或许在他眼中，我是一个趋时求新、关心新人的求索者，竟至获得了"魔术师"的美誉。如此想来，我与古贺的画家生涯或许息息相通。古贺一生，专注于先锋派艺术创作，立志实现独自的进步理想。他的绘画风格变幻无常。因此，想必和我一样，也有人将他称作“魔术师”。然而，我等果真是什么“魔术师”吗？或许，言者的意图乃示以轻蔑？而我对自己的“魔术师”美名竟然暗自欣喜。因为对方是芸芸盲者之一，我心中的悲哀，他们未必能够理解。如果对方出自本心，对我而言，他便是个痴迷的呆子。我本无意玩弄“魔术”，迷惑他人，我不过表现自己心中的悲哀或无力的搏击。我不知道，别人是如何命名于此的，且不论伟大的野兽派画家巴勃罗·毕加索，就说古贺，虽与我一般身心衰弱，却屡屡推出大作力作，这点不同于我。但他心中，同样时时掠过近似于我的悲哀。

对于超现实主义绘画，我知之甚少。古贺的超现实主义绘画中，若说古风尚存，我认为那是源自东方式的病态的古朴诗情。在那聪颖的镜面之上，掠过了远古憧憬的流露。画面中的知性结构、知性理论或哲学，行外人极难读解。而我面对古贺的绘画时，首先感觉到的是一种遥远的憧憬或朦胧之中的虚幻张力。那是一种超越虚无的肯定。因此，它与童心相系。他的绘画，许多富于童话色彩。当然不是单纯的童话，而是童心惊醒的鲜丽梦幻，与佛法具有密切关联。今年的出展作品《海边情景》等，则以妖艳的恐惧引人注目。仿佛在探究佛法之中那幽玄、华丽的“深海”。同时展出的还有《马戏团即景》，画中的老虎仿佛是猫。据说在撷取素材的哈根贝克马戏团，老虎确实温和顺从。只是，这种老虎反而动人的原因恐怕在于虎群的某种数学式排列。关于这幅画作，古贺也曾说过，只想于无意之中描绘出寂然无声的朦胧心境。古贺在绘画中充分借鉴西欧的近代文化精神，但在他内心深处又始终荡漾着佛法似的童歌。即便在明朗、优美的童话式水彩画中，亦不乏亲近的孤寂，且那古老的童歌与我心心相印，我俩的亲近感或许正是源自这种新颜之中的古歌。所以我最先看懂的是保尔·克雷影响时期的绘画。记得古贺绘画的崇奉者高田力藏曾在“水彩画遗作展览会”上说起，古贺的绘画起步于西欧式的色彩风格，后曾转回东方，尔后再度趋向于西欧色彩，最后，则以东方色彩为归宿。例如，眼前的《马戏团即景》等。《马戏团即景》是绝笔。此后在岛园的病房里，则只有信笔涂鸦的彩绘了。

住院以后，他天天涂抹彩绘。最多的一日竟然涂画了十页。在那样的身心状况下，他为何能作画不止呢？连医生都觉得不可思议。我亦感到奇怪。他为什么还要画？中村武罗夫、楢崎勤和我一同前往佐佐木俊郎家中吊唁时，看见灵柩上摞着他四五册画集。我不由得“唉”地叹了口气。古贺春江本是水彩画家，因而水彩画具、画笔均已收入棺中。东乡青儿看见后说，可怜，难道还让古贺去那个世界画画吗？古贺也是一位文学家，尤其是一位诗人。几种主要的同人月刊，他都一一买齐，认真阅读。大概在文人之中，也很少有人像他那样购买同人杂志。我相信，总有一天人们会喜爱古贺的遗诗，他于文学之中自得其乐。无可置疑，读书是死神的伴侣，但绘画或许是苦难。我当时这样应答东乡：他是那样地热爱绘画，没有画具，两手空空，也说不定会寂寞难耐呀。

东乡青儿多次写道，古贺春江有死亡的预感。他说今秋二科会展出的画作，那种阴气逼人的恐惧亦给人以前述感觉。我是外行，理解的程度有限，但闻知画作已然完成，便特意赶去观赏。面对一百零三号力作，毋宁说目瞪口呆。因为我完全知道古贺的病情。忽然，我感到难以相信。创作最后那幅《马戏团即景》时，他已经没有气力打作画底。据说，他也搞不清手中是否握有画具，只管格斗似的用身体去撞击画布。他狂暴地用手掌胡乱涂抹，即便画失了一条长颈鹿腿，他也觉察不出，无动于衷。在这种状态下完成的作品，缘何却那般静谧、安然？而且同样运用了《深海情景》中那样的细密笔法，但画作的署名却由高田力藏代笔。因为他的手颤，写不出工整的罗马字。他的双手，于绘画仍是精巧绝伦，但写字却已全然不济，这无疑是超自然的力量。据说，与画作同期写出的文章已是支离破碎，语言颠三倒四。创作结束后，他便回到阔别日久的故乡，仿佛与这世界告别。归来之后便住进了医院。据说由故乡寄回的书简，同样不知所云。在医院，除了涂抹彩绘，他还继续写诗。我期望他的诗作能够发表，便劝夫人将其誊清。可是，就连看惯丈夫字迹的夫人也难以认读。她苦苦盯视，以求解出谜底，可怜一会儿工夫她便头痛不止。相反，那些彩绘却工整有致。即便笔法渐趋零乱，仍旧有条不紊。他的生命渐渐衰竭。那些仿佛文字绝笔的彩绘，最后只剩下几处涂抹的色块，既无形状，亦无意义。古贺的生命将离他而去，可手中的画笔依然在握。于他的整个生命之中，绘画的才能最为持久，直至生命的终结。不，没准儿依旧存续在他的亡骸之中。告别仪式上，有人提出将绝笔彩绘装饰起来，可有人反对，说那样做无异于剖露故人的悲痛，于是便作罢。那么将画具、画笔收入棺内，或许不为罪过？对古贺而言，绘画无疑是一种解脱。不过，也许是坠入地狱的解脱。天赐的艺术家才能，简直是一种劫数。

但丁描绘了上帝的喜剧，而他的一生却是悲剧。据说，瓦尔特·惠特曼向来客展示但丁肖像时说过这样的话："由但丁的脸上看出，他已超越了人间的污浊。他因此获得很多，但同时也失去很多。”话扯远了。不过，竹久梦二同样也为了他那个性鲜明的绘画，“所得很多，所失亦很多”。伴随着飞跃的联想，我又想起了石井柏亭。在柏亭五十周年诞辰的宴庆中，有岛生马说了一句俏皮话：“石井啊，你是二十不惑，三十不惑，四十不惑，五十不惑，恐怕从呱呱坠地的一瞬间，你便不惑啦。”如果说柏亭的绘画不惑，那么梦二几十年如一日的绘画亦然不惑。也许有人会笑话这种离奇的比较。梦二的绘画风格实际上源自他的前世因缘。如果说，梦二青年时代的绘画是“浪迹天涯的少女”，如今的绘画，或许便是“无家可归的老人”。自然，这也是作家应当悟达的宿命。梦二的衰弱毁灭了梦二，但同时又拯救了梦二。我于伊香保见到的梦二已是头发花白，皮松肉弛，一副未老先衰的模样。我觉得唯有他的眼神，尚闪现着青春的光芒。

这个梦二，竟然还同女学生们攀上高原，采集花草，尽兴游玩。他也为少女们绘制画册。如此这般，皆体现出梦二式的自然天性。我有幸见到这位禀性难移的青年老人——幸福而又不幸的画家，十分高兴。但同时我感觉到一种深切的悲哀。不管梦二的绘画艺术价值多高，说实话，于无形之中我却为艺术的悲哀所打动。梦二的绘画具有非常广泛的社会影响，而与此同时，也令人惊异地戕食着画家的生命。

尚在伊香保会面的若干年前，记得是芥川龙之介的一位学生渡边库辅，拉我一同造访了梦二的家。梦二不在，适逢一个女人端坐镜前。我不禁怀疑起自己的眼睛。女人的姿容怎么会与梦二的绘画如出一辙？她站起身，扶着门旁的拉窗目送我们。她一举手一投足，宛若梦二画中逸出的人物，我惊异得说不出话来。惯例之中，画家的恋人若有变换，画中女性的面容也会改变。小说家亦同此理。即便不是艺术家，夫妇的相貌亦多近似，思维方式也常常趋于相同。这丝毫无足为怪。但是，梦二画中的女性具有十分明显的特色，因而前述感受尤为鲜明，这样说并非凭空杜撰。在表现女性形体方面，梦二的确使自己的绘画及至化境。这是艺术的胜利。而我无形之中又感到是某种其他意义上的失败。在伊香保，也勾起了我的那段回忆。梦二的老态虽说体现了某种艺术家个性，但我却不禁感觉到某种深深的寂凉。

此后又有一次，我再度为女性人工美之奇妙所感动。那是在文化学院同学会见到宫川曼鱼的千金时。令我惊奇的是，在那群学生模样、具有现代气息的小姐中，她竟有一件江户偶人式的装饰，既不像东京的雏妓、京都的舞女或江户的下町[1]女郎，也不像浮世绘、歌舞伎中的女角或净琉璃中的人偶。她多多少少兼具着上述各类的部分特征。她是曼鱼式江户情趣的生命之作。当今世上，可谓绝无二者。

曼鱼竟然殚精竭虑创造出这样的女孩，简直美不胜言。

以上原为本文引言，不料一写这么长。起先，文章初拟题目为“原稿”。最初的构想发自会见梦二的前后。也是在伊香保，我初次见到龙胆寺雄，便欲写篇文章，介绍龙胆的原稿与创作，同时涉及另外几位作家，目的在于探究小说的创作方法。然而，前言居然写得多出十倍。如果当初的想法是论证“临终之眼”，我想会有不同的材料或思悟准备。

不过，我的本意仍在“小说方法”。突然，我拾起桌边的《剧

1 都市中工商业者居住区。在东京，特指台东区、江东区、墨田区、江户川区、港区等。——译注（全书注释均为译者注）

作》十月号，随意翻开一页，是赛特·J. 阿宾的《戏曲创作方法》（菅原卓译），上面写道：

> 几年以前，英国出版了一本书，名为《文学成功的方法》。几个月后，那本书的作者作为作家，败北尔后自杀。

（1933年12月）

魏大海 译

文学自传

从《新思潮》到《文学界》，我想恐怕没人像我这样，加入诸多种类的同人杂志。我尚年轻，履历平凡，楢崎勤氏让我写份自传，或许也是对我的前述特点感兴趣。我不喜欢谈论自己，更不想躲在楢崎氏命定的“文学性”修饰语下，乘机暴露友人知己的隐私。然而，我有今日，却大半托福于他们。尤其是菊池宽氏和横光利一氏，他们是我的恩人。

我二十三岁那年秋天，菊池宽三十四岁，比我现在还年轻。某日，我去小石川中富坂的菊池家拜访，在二楼的房间相对坐下后，我突然提出自己的请求。我说自己有个姑娘要抚养，能否给我介绍点儿翻译的工作。菊池先生一口应承。又问，你结婚了吗？我本想辩解说，啊，不想马上结婚。可是未及开口，菊池先生又说，都住在一起了，还不是结婚吗？旋即接着说道：“近期，我计划出国一年。我不在的这段时间，妻子亦想回国生活。所以，这段时间里，我将房子借给你。你可以与那姑娘同住。房租嘛，我已交过一年的。每月我再付你五十元，亦可一次付清。不过最好是妻子月月寄予你。这样，加上你的五十元助学金，两人的吃饭问题就解决了。你的小说我已交给了芥川，请他一定推荐给杂志。这点儿事情，我不在亦无大碍。我回来后，再帮你想想其他办法。”听了这番话，我仿佛坠入梦中，只有木呆呆地洗耳恭听。

我自幼便是孤儿，所以总是惠蒙照拂。为此，我成了一个不会发怒的人，从来不懂得憎恨他人。此外，无论对人提出何种请求，统统不会遭到拒绝，这种感觉的甜美至今记忆犹新。很多人对我推心置腹。我也不曾记得，自己对他人怀有恶意。在此等心情的伴随下，我的生活无苦无忧。也许有人认为，那是我低劣的弱点。但是最近，我决定不再自责，我认定任何一种弱点，倘若是与生俱来、无法更改的，终究会对此人的安身立命产生作用。然而菊池先生那出乎意料的好意却令我受宠若惊，我从未遇到过这等好事。我与先生相知不深，绝未料到会有如此亲切的交谈。

这年二月，石浜金作氏、酒井真人氏、今东光氏、铃木彦次郎氏和我联名推出了《新思潮》杂志。尽管如此，创作上我顶多写过三四篇二十来页稿纸的小说，其中受到菊池先生关注的又仅有《招魂祭一景》。会见菊池先生的次数更是屈指可数，且都是与《新思潮》杂志的同人一并前往，像小学生一样地访问先辈。胆敢独自一人前往求助，乃因乘着年轻的恋爱冲动。我的期待，充其量是得到一张寻求翻译的介绍信。想来亦不足为怪。在此之前，我曾拼命地筹集恋爱所必需的旅行费用，却压根儿没有想到求助于菊池先生。回家时，我兴高采烈地跑下富坂，脚仿佛离开了地面。如果说，二十三岁的我想同十六岁的小姑娘结婚是不合情理的，那么提供住房以及生活费，更是令人感觉稀奇。菊池先生只是问了问姑娘的年龄和住处，并未加以丝毫批评与责怪。我原以为，他会怪我行为不检点，至少问得详细一些。这一点，也真令人信服。这便是菊池先生的风度。乐于助人者固然很多，但拥有这般气度者却是凤毛麟角。菊池先生大抵默默地助人，似乎又很快地置之脑后。在选定最初的《文艺时代》同人时，同样如此。菊池先生把《蜘蛛》《新时代》的同人统统囊括了进去。在一般人眼中，人有亲疏好恶，对才能的评判亦大相径庭，因而选拔同人时，应选择引起其他同人杂志注目的作家，但是菊池先生却不会这种把戏。

谈及结婚的话题时，菊池先生无意责备我，他当时只说了一句话，我却至今记忆犹新。他说，我担心你现在结婚，将来会不堪重负。但我从来不后悔。如果总是后悔：唉！当时这样该多好。那么往事将不堪回首。所以，我从来没有考虑过，二十三岁，十六岁，结婚以后将会如何。但是，菊池先生的那句话，至今犹在耳际。这场恋爱，在菊池先生放弃出国计划之前就破灭了。我给菊池先生添了许多麻烦，之后却未曾向先生报告自己的凄惨遭际。菊池先生问过石浜金作等人关于我的情况，但他在我面前却只字未提。

我们口头约定结婚。但实际上，我从未碰过姑娘一指头。十四岁的少女宛如“伊豆舞女”。从那时起以至今天，我始终如一。林房雄氏读了我的《飘零》之后批评说，作者对于女性身体始终怀着少年似的憧憬，令人不可思议。这种评价令我感到意外。但正因如此，才攻之不备，令人叹服。也许他的评价完全正确。正如众人所言，我心理变态，品行不端，总是结交过多的女性朋友。例如，我不像无产阶级作家那样拥有幸福的理想；我没有孩子，亦不能成为守财奴；同时，我看见了成名后的空虚。我所有的，只是恋情。那是我至关重要的生命之纲。然而我又觉得，自己从未像真正的恋人那样握住女人的手。也许有的女人会说我撒谎，我却觉得那不单单是一个比喻。我所没有把握的不仅仅是女人，对我而言，人生、现实抑或文学统统没有把握。我是一个可怜的幸福之人。

我从不自我陶醉，企图主动抛弃这种幸福，此亦谎言。对于自己钟情的女子，我又何曾想过，握手与否无关紧要呢？我在撰写批评文章的时候，时常使用真实、现实之类的词语；然而每次皆有羞愧之感，因为我从来不曾主动地探究或接近那种真实与现实，而是游历于虚假的梦幻之中，继而趋向死亡。在我的近作之中，最最喜爱的是《抒情歌》。《死尸介绍人》和《禽兽》，可说是心术不良的作品。至少，我是想尽量写些令人厌弃的事物。可是有评论却说那也很美，真是令人难堪。我坚信，东方的古典名著，尤其是佛经，乃是世界文学的极致。对我而言，经典并非宗教式的教诲，而是以文学性的幻想博得尊崇。十五年前，我心中便怀着题为“东方之歌”的作品构思，我想将它写成一部鸿鹄之歌，乃以自己的方式吟咏东方古典的理想。也许，至死我也写不出这样的作品，我只是希望读者了解我的这个愿望。受到西方近代文学的洗礼后，我也曾试图模仿，但却感到根在东方。从十五年前以至今日，我从未迷失过自己的方向。这是我从未向人披露过的川端家中的愉快秘方。在西方伟大的现实主义者中，有人修得苦果，临近死亡时，总算望见了遥远的东方。但对我而言，也许可以借助童心之歌，尽情地游戏于彼。

为此，我不由得说起过去。我的恋爱是剃头挑子一头热，犹如面对着遥远的闪电。然而以此为机缘，我却感受到菊池宽先生的好意。最终我养成了根深蒂固的坏习气——生活散漫，处事天真。打那以后的数年之间，我几乎是在菊池先生的抚养之下生活。当时，横光利一比我更穷，他却甘于清贫，不像我这样惶惶惑惑，搅扰他人。菊池先生将横光先生引见于我，也是在他那中富坂的家中。记得傍晚时分，三人走出家门，去本乡弓町的江知胜吃牛肉火锅。不知什么缘故，横光氏几乎不动筷子。他兴致勃勃地大声讲述着自己的小说构思，且大大咧咧地走到路旁的橱窗边，模仿着病人贴墙倒地的姿态，仿佛那玻璃橱窗便是医院的病室墙壁。以上所述是我的第一印象。横光当时的言谈神态，充满了强烈、纯洁的凛然正气。横光先自归去后，菊池先生对我说，他是个杰出的青年，你们交朋友吧。横光在《人间》杂志新进作家号刊出《南北》一作前，曾与尾崎士郎、宇野千代一同参加了短篇小说的有奖竞赛，且一同入选了《时事新报》的获奖短篇集，然而他当时只是个无名小辈。此后不久，他便与富泽麟太郎、古贺龙视、中山义秀、藤泽淳三等人一起，推出了一份同人杂志。富泽、古贺已是故人。当时的菊池先生正在创作《珍珠夫人》，且涉足于《妇女界》的连载小说，同时《父归》之类的剧作，正在一些大剧场中上演。久米正雄的《萤草》，我是在“一高”[1]的图书馆里借阅的。芥川龙之介的《芋粥》和中条百合子的《贫穷的人们》，则是在中学的宿舍里拜读。

比我低两班的中学同学中，有大宅壮一和小方庸正。而我毕业之后不久，他们便去了大阪府以游泳而驰名的茨木中学。小方庸正是考上状元的秀才。后来，我们与大宅氏等人一同刊出了《新思潮》杂志。大宅日后成为大阪高等学校的教师。大宅逝世的消息来自帝大法文研究室的中岛健藏。大宅的遗作，是翻译了吉约[2]的《社会学的艺术观》。所谓大宅，乃近村之意。据说，普鲁斯特的译者井上究一郎，也是茨木中学的毕业生。大宅还是《中学世界》《少年世界》的著名撰稿人。听说他的各类奖章可在屋里摆成一圈。他是一个叛逆儿，四年级时被迫退学，但却很快获准考上了“三高”[3]。真是一个早熟的人杰。中学时代，我和他没有说过

1 旧称第一高等学校，为今东京大学的前身之一。

2 吉约（1854—1888），法国诗人、哲学家。

3 旧称第三高等学校，为今京都大学的前身之一。

话。我也曾偶尔投稿，但却屡屡落选，只有两三首俳句以小号的铅字获得录用。当时《文章世界》的投稿很多，亦曾投票遴选出十二秀才。我还朦朦胧胧地记得，曾经读过片冈铁兵的《少女赞美论》。

刚到“一高”时，石浜金作氏极力褒奖秀才之中的秀才塚越享生，说他的作品超过了他的老师田山花袋。因此，《享生全集》成为我的热门图书。也许，如今已经无人记得这位病弱早逝的作家，但是重读他的作品，没准儿会有新的感动。在同一年级的中学同学中，也有一些文学少年。在家乡，一些旧友至今仍然不弃文学之志。我也曾以其中的一人为原型，在茨木町的《京阪新报》上连载了幼稚的恋爱小说，还刊出了一些小品文或和歌俳句。年轻的主笔是位文学士，和我这个中学生大谈莎士比亚，他似乎挺喜欢我。我学会了棒球的记分法，还因此为他撰写了中学棒球比赛的报道。

和歌好像是模仿吉井勇氏的作品，刊于赤木桁平氏《游荡文学朴灭论》引起论争之前。那时，我受到竹久梦二的装帧、长田干彦氏的创作，以及祇园、鸭川的花柳文学影响，时而独自一人，由中学的宿舍步行去京都观赏都舞[1]。我由赏樱小道、木屋町、先斗町、圆山公园，一直走到东山。往往半夜两点之后，才精疲力竭地走到那儿。我计划这样慢慢地溜达，直至天明。然而夜深人静时，寒气袭人肌肤，我开始感到心中寂寥。总算找到一家门口有亮光的小客栈，老板亲切地与我搭话，并让我睡到顶楼上客栈家人的寝床旁边，不知是赏花时节果真没有空房呢，还是不想收受中学生的房钱。像那天晚上那样地迷恋寝床，我还是头一次。

1　京都艺伎每年4月的舞蹈会演。

丰岛与志雄说过，饮酒之后阅读《浅草红团》，一定会更加有趣。不仅对我，对许多日本作家来说，那样的生活都是优雅清丽、洁净谐和的。所以，毋庸说耽于颓废与恶行，我竟连放荡的勇气都没有。我无法使仅有的妻子幸福抑或不幸。我只能徒然地令其丧失生活能力，成为空虚、绝望的女人。有人将我的作品分类，有的是伊豆即景，有的是浅草感怀。累计起来，我在伊豆的汤岛温泉逗留过三年时间，然而，我有关伊豆的小说，充其量不过是旅行者的印象记而已。浅草物语，也止于观光者手记。

当然，《浅草红团》仅仅是一篇序言，尚未进入正文。与其说，我的小说、随笔实际上多为序文，有头无尾，毋宁说有头有尾的作品很少获得发表。这篇《文学自传》恐怕也不例外。对于批评，我历来不甚介意。原因之一亦在于，我将创作看成是一种逃避的方式。例如，改造社近期刊出了我的小说集，就其中的主要作品而言，《水晶幻想》是未竟之作，曾分两次刊载于杂志之上；《写给父母的家书》亦未完成，分五次刊于杂志；《慰灵歌》只是序章；《禽兽》的后半部忍痛割爱，必须修改。近作《飘零》与《虹》，也都是未竟之作。新潮社版的《花的写真》，收录了《死尸介绍人》与《温泉旅馆》二作，皆为三回、四回的分载作品，因而显然地留下了诸多败笔。原因并不仅仅在于自己的文体风格，亦即喜好自由随意的联想。无疑，原因之一在于我的懒惰。同时我的起句，往往缘起于一筹莫展的绝望，亦即放弃了写出杰作的奢望。以月刊杂志的短篇为主，是所有作家多少沾染的恶习。除非迫不得已，如要出单行本，否则我不会重读自己的作品，我连碰都不想去碰那些刊物。即便看到大加褒扬的评论，我也不会喜形于色。长达数页的川端康成论，我只是走马观花地翻阅一下。我从来不会根据评论深刻地反省自己的作品，原因在于，我讨厌接近自己作品时的那种呕吐感。然而，这些借口真实到何等程度，我自己也糊里糊涂。真是丢人现眼，那种辩解是不成立的。我对任何评论都不曾提出抗议，这难道不是热爱自己作品的证据？我总觉得，我是批评家们难以理解的作家。解说自己的作品，说到底是局限了自己作品的生命。因为对于这种作品的生命，作家自己亦解释不清。因而他们感到惋惜，不愿意扼杀掉这种生命。对作家自身而言，作品像一切生物那样，也是一个无有穷尽的谜。虽然这样说，但十年以来，我却也没完没了地写了许多月评式的批评文章。例如，我曾轻率地误读了岸田国士的《纸风船》和横光利一的《无礼街》。我不记得自己的作品是否遭受过此般厄运。

作为批评家，我只是像游人一般，漫不经心地连缀起浮浅的印象。不妨说，我只在读书的过程中，于文坛的流行之后随波逐流；或者说，好奇的触角乘坐着纤弱的游览车，途经人生之门、文学之门，却统统过而不入。过门不入的好处在于，毕竟有了一面之交，然而此等虚幻的自信却无法夸耀于人。就是这个中学生，十分怪异地徜徉于祇园之夜，且在笔记本上记下和歌之类的感怀之作。他也正是我这个《浅草红团》的作者，同样不分昼夜地漫步于浅草，手里拿着笔记本。我还多次在公园里走到天明，但仅此而已，并未遇见不逞之徒，碰上流浪汉，我也并不搭话。我没有进过那里的大众食堂，却四下观览，看遍了三十多处文艺表演，还做了笔记。不过，我坐在观众席上，无法与艺人交谈。唯有在娱乐场大世界一处，我看见了后台的活动。我从不伫立在公园周围的小客栈门口，也没进过咖啡馆。我只是和娱乐场的舞女们同时坐在茶馆或是年糕小豆汤的店铺之中。她们并不像浅草的艺人，而是十六七岁的小姑娘。实际上，舞女们只是跟随在文艺部的岛村龙三等人身后。我则与岛村先生并肩而行。到头来，并没有一个舞女认认真真地直接与我搭话。在我的记忆之中，当时未同任何一位舞女单独散步，哪怕是仅有的三町路程，十分钟时间。

然而，所谓“娱乐场大世界的黄金时代”，却是我一生的留恋。在此之前有“浅草歌剧的黄金时代”，那时，我正在“一高”读书。我十分憧憬歌剧女优，便经常去浅草，同时拉上石浜金作为伴，我俩干什么都在一起。记得曾在日本馆二楼看见谷崎润一郎等人的身影，钦羡不已。不过这次出乎意料，是我的《浅草红团》引发了娱乐场的全盛景象。新闻报刊关于浅草的报道骤然升温，文人雅客和各类知识分子纷纷涌到娱乐场参观，简直像猖獗的流行病一般。演艺小屋的文艺部员名单上，竟然列出了我的虚名。这种滑稽的热闹烟消云散后，留下了某种浪漫的馨香。在不足三年的时光里，无论阴晴，我都必定去浅草。佐藤八郎和武田麟太郎，比我写得更加深入，触及了浅草的烟花柳巷。甚至出现了添田哑蝉坊、石角春之助和一濑直行等人的浅草研究专著。和我一起陪同娱乐场舞女漫步浅草的，则是北村秀雄、佐伯孝夫和中山善三郎。榎本健一、二村定一、竹久千惠子、梅园龙子等，都是浅草娱乐场出身，如今却在各自的事业中小有名望。那么眼前这些二十岁左右、正值芳龄的舞女将如何发展她们的人生旅程呢？我不希望她们像过去的歌剧明星那样，曝尸于十年之后的浅草。人们怀念“娱乐场大世界的黄金时代”。

各种各样的开花期，我都不曾错过。念及此，只觉得自己是非常幸运的人。例如，《文艺春秋》日益兴盛，但在金山时代和有岛邸时代，杂志社就像游乐场。我们每天必到，像过节一样，而那种悠闲的日子却一去不复返。记得当时我们统统二十来岁，尽情地享用那般快乐。《文艺春秋》之外，自立一派的尚有《不同调》杂志，日后改为《近代生活》。承蒙冈田三郎等人的好意，我时常参加“十三人俱乐部”的聚会，尤其是每月一次聚集到新潮社的会议室，海阔天空，真是无法形容的快乐。当时的同人与俱乐部成员想必还都健在，但却没有机会齐聚一堂，那般畅快淋漓地闲聊瞎侃。结成《文艺时代》时，曾有二十几位新进作家。记得自己并非首倡者，却是主倡者。当“文艺复兴”的呼声开始高涨时，我们便成为《文学界》的同人，毕竟多少有些因果关系。堀辰雄、深田久弥、永井龙男、吉村铁太郎等人的《文学》杂志，也因犬养健、横光利一二位的入盟，更加切近于日后名头更甚的《作品》风格，同时伫立于以《近代生活》为主体的现代派之岸。我朋友众多，交友广泛。可是根据我的判断，实在无法理解文坛之中根深蒂固的派系斗争或营私舞弊。出席《文艺恳谈会》创立大会的那天，真是令我惊诧不已。

赴会之前，我一无所知，所有会员皆属未曾谋面者。到了会场一看，仅有十九位会员列席，纯文学方面的都是大作家，比我年长十岁以上，三十来岁者唯有横光利一和我，且横光氏缺席未到。虽然我想，自己应谦恭地告辞退离，但却并无卑下之感。我的风格表面上不甚明显，实际上却有悖德之嫌。正是因为这一点，我才不能在内务省、文部省属下的机构任职。同样因为这个原因，我才失去了强劲的自省意识。在此之前，我一直不假思索地加入种种同人杂志或文学团体，且常常置身于生机勃勃的繁华中心，亦即最最走红的场所。我这样做是不是缺乏节操？是不是处世圆滑，投机取巧？其实我从来不曾有意为之。或许我是个天生的蠢材？自己能够辩解的只是，随那来风，跟着流水，自己亦已化作风，变成水。毋宁说，我常常希望化去自我，却总有一些东西是无法化去的。我所主动加入的，只有《文艺时代》。《文学界》成立之时，乃是林房雄给我的露脸机会。当然，林氏《青年》一作的乐天派热情亦深深打动了我。许多人认为，我是个温和的薄情者，表面亲切，内心冷漠。其实我是个可怜的人，不会对任何人怀有憎恶或敌意。尽管在某些人眼中，今日同舟的伴侣或为昨日的敌手，可实际上，我本来就没有敌人。即便坦白的恋情遭到拒绝，第二天，我仍旧会若无其事地与那女子嬉戏。姑娘无视我的恋情，弃我而去，但十年之后，她却来到我的家中，看见我那欣喜若狂的神态，内人气得哭骂，骂我太没出息。此时我才意识到，可也是，但却仅此而已。女人如今身心两败。我虽然并非亲眼所见，听了她的陈述，我也觉得在她的眼中，自己俨然是个成功者。而我心中清楚，自己的这般作家体面，不过是虚饰而已。

例如，在迁居浅草附近的上野之前，我住在大森的马込，当时的情况，在广津和郎的《昭和初年的知识分子作家》以及室生犀星、尾崎士郎等人的作品中，皆由不同的角度做过描述。当时，妻子们一个个剪去长发，跳舞成风，且频频传出桃色新闻。大森一带的文人男士周围，无形中飘浮着热病似的感觉。总而言之，真是热闹而有趣。我和宇野千代时常结伴而行，有人竟以为我们也是恋人。我到大森之后不久即发生了火灾事件；我离开大森，一切又恢复平静。尽管文人家庭的骚动只是受到社会风潮的浸染，但其他文人村落并无变化呀。所以我的运气好，遇见了节日一般的景观。迁居上野后，马上即有浅草节。马込之前，我的居处在热海，热海之前是高圆寺，再往前则是汤岛。尾崎士郎、宇野千代和已故梶井基次郎等人的伊豆汤岛文学，也可说是我的功劳。那么多的文人陆续来到这交通不便的山中温泉，在伊豆也是空前的。这也给人以某种节日的感觉。也许，先前那腼腆的反省亦不例外。我这个人天授良运，总能邂逅佳节祭日，我三四岁时失去双亲，十六岁时失去家庭，但我的身边，每天都有温暖的同情者与众多朋友，回想起来，对我关怀备至的女人也有许多。这一切，连我自已都不敢相信。在我的性格之中，亦有开朗、乐天的一面，也有强烈的好奇心，至今仍像孩子一般。

初到东京，我最喜欢看火灾。火灾之后，连续一星期或半个月，我每天携带着开水、饼干，在火灾的废墟之上走来走去，四处观览，直把脸庞晒得黝黑。外出旅游时，一到客栈，我也首先走遍当地的各个角落，这个习惯至今不变。对我而言，我更加喜好的是浅草、贫民窟和下班时的烟草女工，而不是银座、公馆区和放学回家的女校学生。我觉得前者更富抒情性，吸引我的，乃是丑陋的美。我喜欢去看江川的踩球、马戏、魔术和因果报应的说书。对浅草简陋小屋中的骗术我也一个不漏，统统感兴趣。最初获得好评的《招魂祭一景》，主人公便是马戏团的姑娘。《文艺春秋》创刊号上的小品文《林金花的忧郁》，写了一位名叫林金花的蒟蒻少女。《伊豆舞女》则描写了“一高”学生时代与流浪艺人结伴而行的情景。我的创作灵感，大多来自街市气氛或风景印象。而两三年前曾欲描绘的街区，则是吉原的外廓、浅草深处的小客栈街以及初音町的夜市街。此外，尚有一些遥远的海上岛屿。我所向往的也是东方的亡国，而不是欧洲与美国。或许我是一个亡国的子民。我看到过震灾时的灾民无边无际的逃亡队列，从来没有一种人类形象，那样深深地打动了我的心。我迷恋陀思妥耶夫斯基，因而无法喜欢托尔斯泰。也许因为我是孤儿，无家可归，所以始终沉浸在哀伤的漂泊感觉中。我喜欢做梦，但在所有的梦中我都是清醒的，亦即睁着眼睛做梦。或许，喜欢穷街陋巷只是我给读者的一个假象。

与我共有这一嗜好的是石浜金作。我和石浜一进“一高”即为密友，两人的友情之深，唯有“同案犯”一词的形容最为贴切。关于石浜，我已有过多的文字描述，不想再写什么。我们是莫逆之交，宛如两位一体的因果关系，厌腻对方，也就等同于厌恶自己。学生时代的石浜，华贵开朗，时常论及当时流行的俄国文学，以及《白桦》《新思潮》的同人作家（菊池宽、久米正雄、芥川龙之介等）。他的文学论对于乡村出身的我，自然有诸多启示。铃木彦次郎时常带我和石浜去看歌舞伎或曲艺。当时，就他一人喜欢久保田万太郎居住的下町一带，在我们几人的群起而攻之下，他终于带我们去了更好的剧场。我是一个穷学生，有喜好浅草的一面，但另一方面却又偏好虚荣。看戏的时候，我要求特等座或一等座。旅途住店，我也要求一流。也许是我那乡村世家的血统在作怪。我家有本奇怪的家谱，据说，我是北条泰时第三十一代或三十二代末孙。然而三十岁以后我反而不在乎了，若无其事地游逛廉价商店或是乘坐三等火车。《文艺时代》前后，我结识了文友片冈铁兵和池谷信三郎。他们生活奢侈，非我辈能比。横光利一和中河与一，亦有奢侈癖。在我考入“一高”前后，“白桦”派的人道主义文学曾一度兴隆。此时，芥川龙之介、久米正雄和菊池宽等人结成了同人杂志《新思潮》派，我等则被确认为新秀作家。时值第一次世界大战之后的繁景盛世，亦即文坛的“黄金时代”，因而成名成家十分容易。乃今日的新秀作家所不能比。但好景不长，转瞬坠入了堪称反动的危机之中，出现了所谓纯文学作家“饿死”论。另外，无产阶级文学攻势凶猛，随后又是大众文学的流行高涨，文人的生活日渐困窘，只有嗅闻美味佳肴喷香的份儿。十年青春，乃在贫困的生活之中度过，这必然对我等的性格、作品，至少对我等的健康，产生举足轻重的影响。今东光和片冈铁兵等，似乎过着一贯的浮华生活；但那十年之间的朋友们，大抵都生活在困苦与窘迫之中。

岸田国士、横光利一、片冈铁兵和我曾联名加入了衣笠贞之助的“新感觉派电影联盟”，但却仅仅拍了一部影片，亦即我的原作改编的《疯狂的一页》，便偃旗息鼓。从事文学以外的工作，那是头一遭，也是仅有的一次，遑论美术、音乐、舞蹈或其他的艺术门类。对于围棋、小狗、小鸟以及世间万物，我都非常喜欢，但在作品之中却难以表现，总是给人以浮浅不堪的感觉。在我的小说中，能够写明的只是小狗的好坏而已。我的脑瓜真是愚钝得可怜。我观赏了不少舞蹈与绘画，因而可以粗略地加以评说。但我任何时候对于任何事物，都有自己随心所欲的辩解，因为我所尊崇的只是对象世界。我认定一切存在皆有其理。即便对于日常琐事，我也怀着悲哀的心情；不懂就是不懂，我却一贯尊重先者的立场。读者或许已经厌倦，这篇文章为何用了那么多“亦”字？但这个“亦”字，却可以点破我的谜底。

因为我知道，中河与一、铃木彦次郎、菅忠雄、尾崎士郎、片冈铁兵、十一谷义三郎、林房雄、加宫贵一等，是我往昔、今日的同龄挚友；今东光和犬养健，虽然久无音讯，却也时时思念，亲密无间；我也不能忘怀许多前辈，如石丸梧平、南部修太郎、丰岛与志雄和岸田士等，他们统统对我倍加关照；在我尚为无名小辈的年代，编辑水守龟之助、加藤武雄和佐佐木茂索等，也曾给我诸多帮助；此外，还有《文艺时代》《近代生活》和《文学界》的同人们。本文开篇我曾写到，自己对于横光利一所欠最多。人们只要论及横光氏，马上便会联想起川端。对此，我真是受宠若惊。在人们眼中，我或许是个蠢材，没有横光的友情，便不会有今日的名望。例如，改造社希望刊出我的作品全集，我觉得非常奇怪。在银座和横光一同散步时，我便问他，是你说了什么好话吧？横光果然脸红起来，支吾其词地把脸转向一旁，我也无言以对。有一次，横光突然对我说，他要在报上发个声明，今后也要开始撰写通俗小说，鬻文为生。我感到奇怪。他却说出了十分朴素的理由。他说，朋友们都已如此，自己也不能高高在上地孤守着纯文学的清高，一旦引起闲话，就对不住朋友了。一些新秀作家请他加入《文学》杂志时，他却说，要是川端加入，我也加入。这种情况，真是屡见不鲜。此外十年以前，我俩一同走了很远的路程。分手之时，横光邀我到他家去；我踌躇不决，因为天色已晚。横光却说，来吧，今晚新娘子要来，没准已经来了。我惊诧不已，从未听说他于近期要结婚。更加令我惊奇的是在新娘子将要到来的晚上，他居然默默无言地散步。在披露再婚的宴席上，横光对我说，让我陪他一同去逗子的宾馆。这可是横光的新婚旅行呀。横光就是这样关怀备至。他担心来自伊豆的我那天找不到住宿的地方。横光这是第二次恋爱结婚，新娘子可能并不新奇，但是新婚之日这样做，仍然超乎寻常，令人有不可思议之感。

（1934年5月）

魏大海 译

纯粹之声

盲人音乐家宫城道雄，在成为上野音乐学校教师之后不久撰文说道：

> 某日，我在音乐学校让筝乐系的学生演唱我的一首乐曲。听来，好像都是女子学校毕业的女孩，或年龄相仿。嗓音好坏，又当别论，我只觉得一种极其纯粹的音响打动了我的心。乐曲是咏叹式的，我听着听着，不由得产生了某种无可言传的感受，仿佛自己到了天国，倾听着天仙的合唱。我曾在唱片之中听过巴赫的合唱曲。大合唱中的合唱，特意加入许多少女的合唱，曲调亦有独特之感，令我感动。当时我就想，在自己以后的作曲中，一定要加入少女的合唱。

言辞之中，充满了美的实感。宫城将文章题名为“纯粹之声”。不言而喻，正因为宫城是个盲人，他当时产生的喜悦才显得更加纯粹。他陶醉于自己创作的歌曲，宛若倾听天国之中天仙的合唱。在一种心境清澄的幸福中，他抵达了忘我之境，这的确是一个纯洁的瞬间。

我等并非音乐家，但亦常常有此体验。听到少女的“纯粹之声”，心醉神迷，恍若梦境。我小学时，低一年级便有个嗓音优美的小女孩。实际上，她是在大声地朗读课文。当我路过她教室的窗下，便听到了她的朗读声。那声音，至今仍回响于我的耳际。此外，读宫城的《纯粹之声》，让我联想到曾经听过的一段广播节目。好像是一次女学生的辩论大会，亦即广播电台播放了参赛少女的简短演说。这些发言的少女，是由东京儿所女子学校中选拔出来的。每校选出一名。总之作为少女，她们语言稚朴，内容浅显，声调颇似朗读，当然不是歌唱。但我所惊诧的仅仅是女学生们优美的嗓音。我虽然不能看到她们的面容，却能够贴切地感受到少女的生命，她们的嗓音中充溢着甘美的青春活力。因为我也像盲人一般仅仅听闻其声。我想，要是广播之中常常播放日常少女那既非音乐亦非戏剧的“纯粹之声”，亦为一大乐事。其实，西洋的幼儿之声更加甜美。在帝国饭店或夏季的镰仓宾馆，每当听到西洋幼儿呼唤妈妈的声音，我也便童心复归，仿佛依偎着母亲的乳房。

少女、儿童的合唱之美，众所周知，也可在舒伯特的音乐片《未完成的交响乐》中获知。当然，若是特殊的演唱会，作为一个真正的声乐家，少女、处女大概难以胜任，因为缺乏韵味或丰富感。这种现象并不局限于音乐，一切艺术皆如是。处女可以歌唱，但无法歌唱自我。戏剧亦不例外，文学更是如此。文学中，成年女性或者身为异性的男性，反倒比处女自身更加容易描写处女的纯洁。这是多么可悲。然而一切艺术皆为人性的自我完成。想到这儿，便也无须哀叹。值得哀叹的，乃是当今日本的种种社会习俗，妨碍了女艺术家之成长。——写到这儿，我联想到法国的半老徐娘卢奈·休美，粗脖颈，厚胸脯，手腕犹如拳击家或金刚力士，真是野兽一般的强壮。我曾听过她与宫城氏的演奏。

我在一部小说中写下了当时的印象。

第二部启幕时，舞台上置放的不是冷寂、富于力学感觉的大钢琴，而是纹色典雅的桐木琴，周围摆着金色的屏风。宫城道雄作曲的《春海》本来是一首箫协奏曲，休美却在原作者的古筝伴奏下，用小提琴演奏了这首曲调。

休美是闻名世界的音乐家，出生于法国的偏远乡村，小小年纪，便每日步行八英里，到音乐教师家中学琴；宫城则是日本的天才音乐家，七岁失明，为了救济全家的贫困生活，年仅十四便浪迹朝鲜的京城，开始了琴师生涯。艺术的召唤，超越了人种与性别的差异。今晚的合奏令人感动，听众热烈地鼓掌。当然，和洋两琴的邂逅，早已充分地体现在二者的舞台服饰上——黑色的日本条纹礼服和黑色的西洋女式礼服。

乐曲描绘了涛声、摇橹声、漫天飞舞的海鸥以及明朗的春海。西住（小说中的人物）也曾在心中描绘春海。他倾听小提琴甘美澄澈的音符中流淌出来的日本旋律，联想到自己的初恋纯情。他被诱入童年的梦幻之中，眼前浮现了未曾见过的日本少女的幻影。

合奏者配合默契。时而，小提琴奏出管箫的音色；时而，古筝又犹如钢琴之声。

在卢奈那强健的臂膀下，道雄瘦骨嶙峋的手指在细丝般的琴弦上，虫子一般神经质地颤动。

西住嗫嚅道："简直是男女倒错。"全然如此。演奏结束后，便是献花、谢幕，然后退台。即便此时，法国女人也像骑士照拂病弱的少女一般照料着日本的盲琴师。

道雄当然喜不自禁。他看不到任何形体，一切借助于听觉。因而脸上带有盲人特有的柔和、静谧的微笑。这种微笑之中却荡漾着盲人的虚幻感与日本人的谦恭。女人强壮的大手牵着瘦弱的小手，粗壮的臂膀扶拥着稍稍前倾的瘠肩。那种弱不禁风的走路姿态，令人心中生出日本古典琴歌般的哀愁。

卢奈的男性化和道雄的少女特征，并未使人产生一丝厌恶。他们体现了崇高的艺术精神实现者的同情之美。因此，听众源自音乐的感动倍加强烈，暴风雨般的欢呼声经久不息。

当然，再奏一曲仍是《春海》。这一次，卢奈未让道雄的侍者出台，她亲自牵着盲琴师的手走上舞台，帮他坐在了古筝前。

许多听众热泪盈眶。此刻宫城那纯粹的喜悦，真正堪称艺术家的幸运。宫城本人也在一篇名为《春海》的文章中写道："我非常高兴的是，无论相距千山万水，艺术的精神却是不变的。"文章还说，休美在返回法国之前也称，做了一件有意义的工作。据说，她早就喜欢日本的古筝，请宫城代演奏了数曲，最为喜爱的便是《春海》。返回居处，便一夜之间改编为提琴曲；翌日又再度访问原作曲者，演奏切磋。宫城说："她一下子就表达出我要表达的感情。虽然语言不通，但休美与我的精神一拍即合。"休美希望此曲作为临别赠品留存日本，后被灌制为唱片。以此曲编排的舞蹈，我也看过两到三次。

不过，为了宫城氏的名誉，我想改动一下自己小说中的那段印象。实际上，宫城氏未必可用"病态少女"或"日本古典琴歌一般的哀愁"之类的形容加以概括。在暹罗（泰国旧称）舞蹈团访日招待会上，我第一次贴近地见到了宫城氏，令人意外的是，他那纤细的神经质外表中，竟充满了坚韧的刚强。这种印象，和他与休美并立舞台时迥然相异。

那晚是暹罗公使的宴请，秩父宫、高松宫等皇族显贵驾临会场。王妃殿下们则为远来的舞姬带来经心选配的鲜花。这里有国务大臣，亦有诸多朝野名士，但会场并无戒备森严之感。像我这种人，很少有机会出席这般场面。我觉得有趣，冈田首相的脑瓜活像一只青色的土豆，面相倒是不错；陆军大臣林某亦出乎意料，面相比照片上显得柔和。不过，对国内的艺术家表示这般敬意，倒是值得称道。暹罗舞蹈团的舞女多为少女，与日本的女学生年龄相仿。

为发扬暹罗舞蹈的传统，真可谓苦心孤诣。舞女的体格与我国少女近似，但更加单薄。总之，令人产生怜惜之情。如果说少女的声音是“纯粹之声”，少女的肉体却无法称作“纯粹肉体”。而在表现整个肉体的舞蹈，尤其是很大程度上公然解放了肉体的西洋舞蹈中，所谓“纯粹的肉体”之美乃是由衷感动的源泉。不妨说，女性的美在舞蹈中达到极致。女性只要将肉体之美视为生命，舞蹈也许就是女人的天生夙愿。

当今，哪儿有比舞蹈更加直接地尊崇处女之美的艺术？然而即便在舞蹈中，少女、处女也大多止于有所缺憾的舞女。这里横亘着舞姬的矛盾，苦恼亦植根于此。说到底，“纯粹之声”是存在的。如果说有“纯粹的肉体”，那么也应有“纯粹的精神”。

在古往今来的文学中，少女或青年女性始终都是赞美的对象，但她们之中绝无杰出的作家。当然男人之中成为杰出作家者亦微乎其微，何况是女性。这一点令人遗憾。女学生无论做诗人还是当散文家，都不及上小学的女孩儿，这是因何缘故呢？少女有“纯粹之声”的歌曲，尚有“纯粹肉体”的舞蹈，但文学之中，或许找不到此类纯粹之美。

一般说来，女人写信比男人强。女人写信非常直率地流露感情，生动而具肉体感。描写某人印象时，女性文章往往亲临其境般把握或无所隔离地走近描写的对象。我认为，这是女人的幸运。时常读到无名的年轻女性撰写的小说，写得越糟，值得庆幸的女性特征反而益发强烈。我不由得想，这是否“纯粹精神”之显现呢？对女性而言，少女的纯洁与艺术之关系，或许是一大难题。

（1935年7月）

魏大海 译

神津牧场行

轻井泽方面来了一帮青年诗人，在牧场的店簿上发现了我的签名，却半信半疑，不知我是否真的来过牧场。这些青年有失恭敬，居然不知我有快步如飞的美名。不过外表上看，我的确是文坛唯一的虚弱作家。美容师芝山三代加女士也说，神津牧场历险是一次愉快的旅行。在这条路线的徒步旅行史上，我们的成功证明了生命的力量，或将永远留下光辉的一笔。据说，诗人们在牧场观赏了十五的明月。那么，我等在牧舍中望见的，大概是阴历八月十三的月亮。

我们在京桥的明治食品总店买了一盒冰果，便由上野车站奋勇出发。一行四人，有松坂屋美容店的芝山夫妇、我和内人。我背着一个登山包，内人则是西洋装束。我俩都是生平第一次。我们在高崎换乘了上信电铁，在终点站下仁田下车，然后再搭公共汽车。但土合坡一站，我们是租车前往。这条路线，距东京最近，也最便利。

土合坡源自公共汽车终点站市萱。汽车的道路在山根下面消失了，再往前便是锯齿形的陡坡。不一会儿，我们就大汗淋漓，样子很可笑。我这个人，即便盛夏也不太出汗。“我几十年也没这样出过汗。也许是生来第一次。体内的污物，大概全部排出去啦。”

说完，觉得很舒服。衬衫早已湿透。有的人连登山背囊中的东西都弄湿了。其实从市萱步行，充其量不过五里地，翻过这座山便是牧场。但是，连文坛第一登山健儿深田久弥君也曾写道：“离开市萱，要走过五百米高的山路，大汗淋漓。”

迎面碰上几位美丽的少女姐妹，手持粗布伞，轻盈地走下山来。问到路程，少女若无其事地边走边答——没多远啦。看那架势，我等不敢示弱，那多丢人呀。

“你们是牧场的人吗？”

“嗯。”

少女应了一声便离去。回头望那背影，只见不知是云还是雾，向山麓下的山地漂流过来。我们估摸着，少女拿着伞，大概是去迎接父亲的归来。在下仁田，汽车司机曾喊住一位名叫竹村的人，问他要不要搭车走。我们一行中的芝山此前已来过一次，他想起来，那人像是牧场的场长。因此我们想象，刚才的小姐妹一定是竹村的孩子。

不一会儿，路角又转出一帮令人吃惊的摩登姑娘，飒爽英姿地出现在我们面前。她们将大方布巾围在胸前，然后系在脖颈或腰上，有的整个儿露出后背，有的穿着男式长裤。她们宛若一群山中的人鱼，沿着镰仓的海滨走到这儿。惊奇之中，眼前出现大片的秋草野花，到达了一处部落式的宅邸。我们在农家的井边喝了点儿水，顺便问起叶子呈黑色的野菜名称，原来是蒟蒻。我们已经到达牧场高原，不时遇见背负桑叶的村姑。我们徜徉在盛开的野花丛中。路旁的玉米尚未拔节，牧场的标柱耸然而立，远处的山峦、牧舍犹在眼前。在山林的青色之中，浮现出牧地草原的葱绿，梦境般的色调美不胜收，仿佛受过黄昏时薄雾的洗礼。

“啊！太棒了。我想变成一头牛。”

三代加女士赞叹道。

“上次我来时，浓浓大雾，什么也看不见。真好像从大雾之中突然钻出来似的。牧羊狗摇着尾巴迎接我。浓密的长毛都被雾水濡湿了。”芝山接话道。

听说夜间来此牧场问路，常常得到老牛的回答：“哞。”因为错把小牛棚当作了村公所。还听人说，这儿的牧羊犬恋人，分离时惜别似的目送过山顶。

总算摸到了客店，牧羊犬一如既往地迎接我们。客店的食堂是泥土地面，坐下后，我们贪婪地喝了几杯冷牛奶。刚刚挤出的泽西鲜奶真是甘美无比，犹如天堂里的甘露。登上二楼的大厅，场长坪井先生来说，总社拍来了电报通知，还说盛夏来此野营的竟有三十批。新客店的设计图纸已经完成，但是用马运材料，必须耗时一年。驮运长大木材的驮马，真是一刻不停。

避暑季节的牛奶要用来供应轻井泽的顾客，因而我们未能体验著名的牛奶浴，只好用热水冲了个澡。只见窗外有人走过，怀抱大个的南瓜与白菜，想必刚刚从地里为我们摘来。不一会儿，牧人们的晚饷钟声传入耳际。我们的晚饭是好看的煎蛋卷、炖南瓜、牛奶汤的咸牛肉菜煲、黄油扁豆、西红柿和酱汤。四个人饥不择食地大吃特吃，样子十分可笑。黄油、牛奶都是一流的，鲜嫩无比的新鲜蔬菜也是我们从未尝过的。餐桌上又摆上了切碎的生白菜。且看挤榨绞肉的纱布浸于沸水之中，令三代加感叹道，很讲卫生呀。我们一面赞美菜肴，一面向伙夫探询种种花名，他说是莴藤、御膳花、酢浆草、吸花、水木草、附子草、露玉、钓钟草、水蕗、单叶，等等。

“客人上山一看便知。千花万草争奇斗艳，美极啦。”

据说伙夫的言谈举止打小就有女儿气，但说起牧场的事情却头头是道。

“能挤牛奶，才能算作一个真正的牧场人。但在此之前，你得流淌三四年哭泣的眼泪。”

据说，光是手形像仔牛一样是挤不出牛奶的，手掌还必须像仔牛的舌头一样柔软。

刚才遇上的那帮少女也和竹村一道回来了。

“你们是下山接爸爸吗？”

一问，果然不出我等所料，竹村便是刚才那位场长。

芝山突然想起一种好吃的嫩芽，说是别名“木下藤吉郎”。

伙夫则告诉我们，过去是“山中美味，又称蝼蛄斋”，反正都是开水焯芽菜。他一边说，一边给我们取出睡铺。此时，已经日落月明，圆缓的牧草丘地仍旧十分美丽，然而我等已经无力观赏初秋那清澄的月空或倾听秋虫的啁啁鸣声，只想带着满身惬意的疲惫，在九点钟早早地歇息。昨晚在轻井泽，一帮子外国男女闹腾了一宿。今夜倒好，除了我们，还有另外一组游客，静悄悄的，连牛叫狗吠的声音也很少听见。

三代加女士起得早，正在将昨夜洗濯的衣物晾于朝阳之下。远处望去，东方是连绵的山峦，晨雾正在散去。草原上，有一只雪白的家鸡，一匹马在摇动着尾巴。葡萄棚下，一群苏格兰长毛牧羊犬正在盥洗池边讨要早食。也许常常受人爱抚，小狗跑过来，首先攀上我的膝头。斜坡上，看得见牛群慢悠悠上行。我环顾牧舍四周，只见小鹿一样的仔牛头挨着头等待饲叶。不大一会儿，主人送来了青草，青草中掺杂着秋天的野花。我为牧草的绿色所诱惑，仿佛脚上亦着染了绿色的晨露。我跨过一条小溪，往山丘上边走去。我要躺在这张绒毯上，眺望蓝天与山峦。今儿是个大晴天。回到朝阳流泻、光亮充足的室内，我们开始用早餐。廊下，竹村先生的长女愉快地大步走来，刘海边扎着白发带。这就是高原的清晓。饭前饮用的玉米奶也是牧场的特产。三代加女士兴致勃勃地观望牧场的爷们儿吃饭。香美的食物不是盛在小碟之中，而是直接拿到木桌边蘸酱油，筷子则是干枯的小树枝。

我们请坪井场长做向导，乘着早晨凉爽，先到山上观光。四条长毛犬尾随其后。跨过一条小溪，翻过落叶松牧栅，又穿过小羊齿芥草遍地的小树林。我问起人工牧草的名称，说是有苜蓿、菊芋和御茶道。不多会儿，我们登上“千花万草”的原野，抵达观光岩。

“要是天老下雨，不能登高瞭望，这趟就算白来。”

确实，正如坪井先生所说，这里眼界十分开阔。游山高约一千三百七十五米，位于上信国界。眼前铺开的牧场则具有异国式的牧歌风景。总计七百町步[1]。牧栅一万六千间，放牧草地四百四十五町步，人工牧草七十町步。草地、牧栅形成了几处圆丘或是平缓的斜面。条条小溪流过谷地的杂木林。人工林里则有落叶松、扁柏和杉树。草地中盛开着夏秋两季的野花，人工牧草鲜绿可人，镶嵌着放牧的牛群。种种物象，像马赛克一样拼合起来，富于变化和关联，令人想到阿尔卑斯山下的瑞士。远处的群山，仿佛是这美丽高原的雄大饰框。循着坪井指的方向远远望去，近处有八风山、日暮山；再往北，则可望见浅间的喷烟、轻井泽高原的一望和别墅的赤瓦；右边，说是从东北至东南，有碓冰、赤城、妙义、榛名；再远则是（今天看不见）秩父连峰和筑波，还能看到利根川白

1　日本田地、山林面积的计量单位。一町步约合99.2公亩。

色的光带。转向南边，有荒船山耸立三百尺的岩壁；右侧乃延绵八岳，源自佐久平，续于蓼科。西南方向可以遥望北阿尔卑斯山（今日望不见）。听说冬季强劲的寒风就是来自这“信州的风雪高原”。一些游客从不远处的初谷温泉爬上来，说是途经八岳，翻过蓼科山。这些人与我等不同，像是真正的登山家。可以料想，到牧场尚有多种途径，如初谷矿泉、志贺越、香坂峰、和美峰等。坪井先生反复说，这样的好天气近来从未有过，似乎在炫耀眼前的景致或庆幸我等的好运。

我们由观光岩横穿过斜坡上面花的原野，牧羊犬便去追逐山鸡或山鸟。这里是禁猎区。左边的山丘上出现了滑雪小屋。在会客室，我们小憩片刻，正想去看看约莫十五幢的牧舍，却撞上一列牝牛行往牧地。有牡鹿色、灰褐色、赤褐色的泽西种或英产娟姗牛，也有红白斑或褐白斑的爱亚西亚种或吉亚种。后者角短，楔状体型，而前者却长着细长的顶角，弯弯曲曲地伸向前方，很是美观。有的牛垂着丰腴的乳房，宛若母亲的象征。

我们首先看过南进堂，尔后依次参观牧舍。南进堂像是一座酿造库，实际却是储存绿色玉米苗（作为冬季的绿色饲料）的处所。母牛统统上了草原，余下的尽是小鹿一般的仔牛。出生一周的小牛在产室内母亲的护持下，稚气可爱。细长形状的牧舍，分割为一间间的小屋。据说一头牛一间，谁也不会搞错自己的居室，这是优良品种的明证。每个小屋皆有名牌，展示了值得夸耀的贵族血统，因此绝不会像贱民一样弄错公寓的户籍。马、犬、牛，都非常重视血统，为了改良品种，牧场花费五万元或十万元进口种牛。一头牛的乳水量、脂肪率或奶油产出量的世界纪录，与日本的纪录竞争不下。（参照牧场要览）

神津牧场始于明治二十年（1887），创始者乃长野县志贺村人氏，名叫神津邦太郎，因此牧场用了他的名字。神津牧场以是日本最早的高原牧场而闻名，首先进口、饲育泽西牛种的也是这里，但由昭和十年十一月（1935）开始改为经营明治食品。如今，爱亚西亚种和法裔加拿大种仍为少数；泽西种有一百三四十头，仍占大多数。泽西牛乳脂肪率最高，浓稠味美，在欧美称“黄金牛乳”，与黄油是神津的骄傲。牧舍的涂料用了兼具消毒作用的石灰，加之与世隔绝的高原环境，使这儿成为无病无菌的乳牛乐土。同时，我国耕地稀少，鼓励山岳地带发展畜牧，可以拯救农村的凋敝，亦可倡导国土开发、国民保健和促进乳制品的出口……我深切地感到，这次观光，实在不可等闲视之。

“种公不在呀。上山了吗？”

坪井先生瞅着种牛小屋突然问道。话音未落，只听得附近不远的树丛中种公“哞哞”地应答。

“看见那个老爷子了吗？他用外国人传授的方法制造黄油，至今已有四十年了，在这一行他可是大名人。泽西种的黄油，就是那种黄颜色的。”

参观结束后，打道回府。牧舍前的草原上，一个少女和姐姐逗着小狗玩耍。我们夫妇也是家犬俱乐部的会员，便蹲下身去摸了摸出生一月左右的小狗崽。

“每天都和小狗玩吗？”

“嗯。”

谈话中，得知姐姐是女校二年级的寄宿生，嗓音正在变粗，不爱说话；妹妹温和开朗，在山麓的小学上五年级。田部重治氏曾经写道，他在灶房里看见过孩子的母亲，长得很美。尾崎喜八也描写过这些孩子。我正在想象，还有谁写过这牧场少女的美丽，突然狗群一齐狂吠起来。

“牧犬与仔牛是好朋友。一看见照料仔牛的饲养员走来，便高兴得狂吠乱叫。”

山上观光，略感疲惫。此时恰是正午时分，听说有个女人打着绑带、足踏草毡鞋爬上了山；还有位七十八岁的老婆婆穿着木屐上了山。于是，我们也鼓足勇气，决意走到轻井泽。

“再见。”

少女说道。回顾身后，只见竹村先生的几个女儿与伙夫们并列窗前，小妹妹正在挥手道别。坪井场长带着牧羊犬，将我们送到坡顶。

一点半出发，带着在牧场画下的地图。路上，我们循着驮马的马粪走。这驮马是运送牛奶的，每晚八点离开牧场，到轻井泽已是深更半夜。途中，我们经过一本岩、高立的部落和七曲，到达南轻井泽牧场入口的粗点铺时，已经五点半。路上有高原，有浅谷，有溪流，有曲里拐弯的山路，还有落叶松林。真是一次愉快的郊游，仿佛旅行在山区的模型之中。将下七曲山，突然间轻井泽的景色尽收眼底，我们快活地脱下衬衫，恨不得躺在那花的原野之中……

（1936年10月）

魏大海 译

秋山居

今天，在高尔夫球场上看到了狐狸。据说，每当大雾弥漫时它就会出现。狐狸在球踪难辨的雾中自顾玩耍，我们观望片刻，心想或许是从哪个养狐场逃出来的。乍看时，还以为是一只黑狗，后又发现它步态诡秘，粗长的尾巴，末梢呈白色，才弄清那是狐狸。浓雾笼罩的草地上，它玩得那么欢畅，颇似幼童在独自嬉戏，享受独处的乐趣。我望着白雾中黑色狐狸隐现的身影，孤独感悄然袭上心头。听说常能看到它的出没，由此可知，它逃离养狐场已有不少时日。周围山上不会有其伙伴，它处在彻底的孤独之中，就像小猫小狗那样，它自己逗弄自己玩。它动作特别柔和、轻盈、敏捷，宛如腾云驾雾一般，恍惚的身影似具某种象征性。太可爱了，简直美妙绝伦。我忽然觉得，滞留于山中小舍的我，正与那银狐有些相似。

十多天了，高尔夫球场的宿客只有我们夫妇俩。再早些天，还有一对美国大使馆的夫妇，署名“流浪汉”。我以为是谁在搞恶作剧，一问才知，是一位海军武官开玩笑，将自己的名字“柳拉翰”音译为“流浪汉”。他是个快活的青年，还把俱乐部借给我用。提及此事，他连说“有趣、有趣”。似乎仅为此故，他们就在轻井泽住到了十月初。还有件趣事：来到日本的美国人和英国人，却很少涉足他们本国的体育项目。本来身为大使馆官员，想要多少高尔夫球都可以由本国送来，真令人羡慕。我曾与其比赛，打至第三穴，可后来他们倒难为情起来，三番五次都没打中。美国人比我还腼腆，我感到非常滑稽。但如今世道变了，一句话说得不妥，就会给双方都带来麻烦，有时倒是对方主动回避。说到美国人的腼腆，有一次我路遇邻居S先生的女儿，她低着头，红了脸，拘谨得不得了。这与日本姑娘没有两样，即使在日本姑娘中，亦属古风古韵一类，颇具牧歌风情。生活中，他们也说日语，但带有东北口音。曾听她当老师的父亲说，在东北只有他们一家外国人，女儿的朋友自然也都是日本人。女儿一见到洋人就害羞、发窘，令为父者头疼，所以想把她带到轻井泽的外国人学校来，可女儿却讨厌轻井泽。当然，既然生在日本，长在日本，已完全日本化，那么乡土化也是必然的，她已长成一位洋溢着东北风土气息的少女。这家美国人一直住到深秋。他们喜欢夹馅面包、酱油和稻糠酱菜。有时少女甚至说："若回美国可就不好过了，真不知道该怎么办。"

一到适当年龄，她们都要回到祖国去留学。但因她们属于所谓日籍美侨二世，一旦回到美国，在生活习惯上会有诸多不便。其中，留学毕业后重返日本者似乎也不少。然而，现在有不少英国人陆续回国，美国人恐怕亦将如此。对外国传教士们来说，今年的轻井泽之夏充满了悲剧色彩。这是他们当然应该接受的命运，或者说，在汹涌的激流中，他们才只不过溅上了几滴飞沫。长期在轻井泽过冬度夏的寡妇哭诉说，她们把生命和财产都带到自己所钟爱的日本了。但这又能如之奈何？听到这悲剧般的传闻时，人们也必然会想到被迫从海外撤回的日本人的悲剧，在美国土地上耕耘的日本人又该如何抉择？

可是，从法国、英国撤回的日本人，却很少抱怨甚至谩骂其侨居国，这是日本人的美德，我希望离日归国的外国人也学学这种美德。我与基督教无缘，与外国人亦无交往，因此很遗憾，我对今夏发生的悲剧一无所知。总之，看到在日本度过一生并情愿葬身日本的老人们离去时的凄凉背影，我不禁有些伤感。真想告慰他们一声：如果你们真爱日本，并为日本奉献了一生，日本是不会忘记你们的。有的老人先将儿子打发回国，自己却坚决留下，不得不离开时，也要在举行旅居日本五十周年纪念会后才肯走。五十年！比我的年龄还长。去年，我也在这山中住到十月初。有一次我肚子疼，轻井泽没有医生，于是请来疗养院的曼罗大夫。他说在日俄战争时期他曾从军行医。我联想到自己的年龄，感到简直不可思议。他是苏格兰人，已归化日本，冬季他去北海道阿伊努族部落行医，而且是阿伊努研究者。我所住的小舍前主人尼克戴马斯，则是一位传教士，今夏听说，他回国后去世了，他的遗孀又返回了日本。这些未亡人因自己丈夫曾在日本久住而来，或因丈夫亡故日本而来，她们也要化为日本的一抔泥土。如此回国后复返日本的老妇人，何止两例、三例。这一方面，则是日本妇女应该学习的。无论是否为了信仰，总之，她们不惜将丈夫留下的巨额遗产，全都用于帮助异国人民。

我那山间小舍及周围杂木树林，似乎在外国人无权买地的时代即已售出，拥有九百九十九年的土地所有权。我若继承这项权利，也就等于已经预付了九百多年的地租，所有权亦可更换。但是，想到财产私有欲竟能产生漫无边际的千年之忧，就感到荒唐可笑，总觉得这九百九十年的权限意味深长。小舍的周围，都属于这种土地，三四年前邻居还都是外国人，后来便陆续转入日本人之手，成为日本人的居住地，轻井泽全都如此。从今夏、今秋的情形来看，可以断定，外国人家大半成了待售住宅。美国人、英国人卖房，德国人却买房。不过，数量毕竟有限。说不定从明年夏天开始，这座由英美传教士开发的小镇就要发生根本的变化。因急于回国而卖房的外国人家比比皆是。但是，以为房价因此便会降低，那就大错特错了。其实房价高得吓人，而且并非中介者居中提价。外国房主漫天要价，中介者亦感棘手。房地产价格普遍暴涨，即便考虑到汇率因素，轻井泽的房价也高得令人费解。他们绝非草率甩卖，而是沉着冷静、精打细算。对此我十分佩服，但也很不愉快。卖不到理想的价格，他们就中止出售，先行回国，战争结束后还可再来。的确，在昔日的欧洲大战时期，德国人脸面无光地隐居在轻井泽深处的密林中，为此，这里曾被称作匈奴森林。今夏，德国人数量却有明显增加，避暑季节开始的一连几天中，他们都在集会堂开会。当时，美国还不是交战国，插在摩托车或汽车上的星条旗是令日本人望而生畏的国家象征。今夏，大使馆、公使馆的汽车已不如往常那般显眼，而看到沦陷国公使馆的车时，我陷入久久的沉思。

作为轻井泽的邻居时，我喜欢西洋人。既因那高原习俗的情调，亦因住得安然心静，无人搬弄是非或窥探他人隐私。我最最希望的是邻居们住到秋天。一到入秋时节，避暑胜地的日本人就惶惶不安，寂寞难耐，连我亦受其影响，一时心烦意乱。人们争先恐后地挤车离去。一天，我乘摩托艇环游野尻湖，看到一位少女独自一人在山林中欢快地玩耍，真像那高尔夫球场的银狐。林中似有她的住所，是间独居，岸边无路，出山时须划船渡湖。西方人的孩子就具备这种素质，在避暑游客离去、林中悄然无人时，他们却不嫌冷清，独自玩耍，坦然自若。日本的儿童却难耐寂寞，尽管富于和谐美好的人情味，却无法产生深刻的思想和伟大的创造。

其实，我亦并非喜欢独处，才到山中的孤舍忍受凄凉。我从未有过遁世隐居之心。我们的独处与好静，与家处东京中心或远离村庄没有关系，亦非想窝在山中，以实现特殊的探索与研究。若有人问为何滞留至今，我无言以答，百思亦不得其解。只是因为不知不觉已到深秋；只是因为入乡随俗，随遇而安；或是因为固执任性，随心所欲？盛夏似为避暑游客而至，但秋天却比盛夏好。我倒并不喜欢这高原的秋天。我这个职业没有时空限制，因而，没有理由必归东京，亦无理由非得久居秋山孤舍。山中寂寥，连当地人都难以忍受，而我却忘记了这等寂寞，或许我是个散漫而倦怠之人。入秋之时，避暑的游客匆匆离去，虽惹人心乱，但挨过这阵，以后的时光几乎浑然不觉地度过。在通往镇子的小路上，耳闻脚踏落叶的声响，一时间百感交集，我想，反正回家之后仍会立刻出游。我连中国都没去过，只觉得自己似乎惧怕出远门。我担心将一去不复返。最近我常思忖，说不定自己会客死他乡。

人去山空时，老鼠和苍蝇往往聚集于我的山中小舍。天暖之日，苍蝇多得吓人。我劝慰妻子道，苍蝇也是无处可去，没几天活头了；再说，附近亦无秽物可供它搬来，就随它的便吧！当然，女佣不在。我总是担心女佣在此会孤闷、想家，以致成了自己的重负，所以每年都打发其先自回家。妻子似乎受我感染，已适应了这种生活。可昨天（十月十四日）傍晚，浅间火山大喷发，大地好一阵轰鸣。我说，要不咱也回家吧，随即戴帽、撑伞，出外察看。帽子是防备落石的。雾雨蒙蒙，周围什么都看不清。喷烟似乎飘往信州，事后看报得知，上州、信州交界的杜鹃原一带，火山灰骤降达二十分钟，还夹带着拇指大的石块，势如暴雨，毁掉了浅间牧场十几平方公里的牧草，这意味着牧场牛群的饲料尽被剥夺。前年十月初，火山曾每天持续喷发，给人以不祥之感。于是我们决定回家。归途中，与中里恒子夫妻结伴，从诹访绕至木曾，行至和田岭回头时，恰好望见又有一处喷发。大前年我住到了十一月底，当然也曾踏雪去过镇上。因水管破裂，自来水停供，家中的容器都存满水，维持了五六天。我们离开以后，堀辰雄和他的学生在此山中小舍过了冬。据说，到坡下外国人家的水井打水，须先用热水将冻冰的手压泵化开。这年秋天，芥川龙之介的外甥们仍住在爱宕深山的家里。哥哥新婚，弟弟也已订了婚，说是东京住房紧张，不能回家。兄弟同偕新娘和未婚妻于山中的小屋里度过蜜月，真有一点戏剧色彩。这对城市中司空见惯的未婚夫妻，似乎未曾做好御寒的准备。新娘穿着男裤，秀发无形，随意一束，亦别具风情。

日前，有位菜农拉车到过镇上。看到他将海带摊开在车上，我说那样不合适。他却说，秋天里就这么放着也不会受潮。可如此高原艳阳天，若遇昨日之雨、今日之雾，岂不更惨。不过，那伴随银狐嬉戏的浓雾，在我离开高尔夫球场之后不久便荡然消散。黄昏时分，杂树林中溢彩流光，令人迷醉，我不忍将那胜景关在窗外，便一面燃着炉中柴火，一面出神地观赏良辰美景。高尔夫球场槲树极多，我曾触摸过它红色的叶子。去年，我对冷杉着了迷，竟一天几趟地去附近法国人的院落里凝眸端详。在《高原》的结尾处我曾写道：有趣的是，今年的槲树、朴树、橡树叶特大。但朴树的黄叶却肮脏不堪，我那小舍后面就有，时常将落叶抱回烧火。落叶大都背面朝上，可能是枯叶向背面蜷缩的缘故。夜半时分，朴树叶落屋顶，每每使我心惊，我把那响动错听成了人的脚步声。不过，枯枝断落时，的确能响彻深秋的夜空。

（1940年12月）

侯为 译

魏大海 校

哀愁

近来，妻子（开始）迷上了声乐，此刻亦在客厅不停地唱。歌声忽近忽远，仿佛正在扫地。学习声乐是件好事，但我有点儿奇怪，老伴儿的嗓音居然不错。甜美而富青春气息的女声歌曲，还真令人心中愉悦。——我怀着愉快的心情一觉醒来，只听那歌声依然。

顷刻之后，我才明白并非妻子的歌唱。

我躺在床上唤来家人，问道刚才的歌声来自何处，是家里的收音机呢，还是邻家的留声机？妻子在茶室答道，是海滨海水浴场播放的唱片。又说，每天都听得见，你不知道吗？我苦笑着又听了一会儿，愉悦的心情犹在。紧接着传来经常播放的流行歌曲。顿时，我有些扫兴，只好爬起床来。

时过正午。

我听见歌声的时候，已经是半醒半睡。我在歌声之中渐渐苏醒。此时，仍然觉得自己在梦中，梦见妻子正在演习声乐。因为我始终觉得那歌声是从自己家中传来的。

做梦梦见妻子，还是从未有过的事。

而且，我习惯于凌晨四时以前伏案写作，然后躺在床上看一两小时书，最后打开窗户，在晨风之中入睡。因此，炎炎盛夏时节白天起床，心中老大不悦。

但今晨却属特例。总之听着歌声起床，心情还不错，乃一种恍若幸福的心情。在这种恍如幸福的情绪中，我不禁觉得，自己绝非幸福之人。

我的梦幻作为音乐的梦幻，是极端幼稚的梦幻。要是文学，不可能有这样的梦幻。我时常梦见自己正在读书或写作，时常醒来之后亦为自己的梦幻而惊异。吴清源对我说过，他在梦中梦见过奇异的手，醒来之后还在拍打。而在梦幻中写作的我，竟比此刻清醒的我更有灵感。梦醒之后，十分惊奇。我聊以自慰的是，莫非心灵之中尚有取之不尽的源泉？我又由衷地感觉悲哀，哀叹那自己或亦无法把握的生命之河。在梦幻中写作当然是荒诞无稽的，但未必可说看不见那裸形灵魂的飞翔。当然梦幻亦无法摆脱偏执生活的悲惨或丑陋。

我与音乐并不疏远，但海水浴场播放的流行歌曲却无法令人愉快，哪怕是同样在半醒半睡的状态之中倾听。我不懂音乐。到了如今这个年龄，我常常感到，这一生恐怕无法了解音乐之美。我有时想，如果让我懂得音乐，我可以做出任何牺牲。或者此话言过其实。我经常痛切地感觉到，仅凭兴趣、嗜好体验的美是不足为奇的，触及一种美亦是命运的安排。在短暂的一生之中，人们能够了解的美真是微乎其微。偶尔我也思考一个艺术家一生之中创造出来的美之限度。

例如，一位画商拿来一幅画作，我若感觉那是因缘，便有幸运之感。然而无情的事实却是，我并不能充分地汲取那幅画作的美。为画作本身考虑，我产生了不着边际的疑惑。我怀疑这幅画作究竟是否遇上过真正的买主，能够巨细无遗地领略画作本身包含的美。

当然，我身边并未有过如此高贵的名画，我也没有遇上过自己喜欢的画品。大家记得在我家看到过的浦上玉堂和斯契恩的画作，两幅皆为小品，不登大雅之堂。

我不懂音乐，同样也不懂美术。我不愿承认自己没有理解美术的素质或能力。我所感到羞耻的只是修养方面的匮乏，因为没有机会大量地观赏优秀之作。然而很久以前我便觉察到，自己置身于某种实际上并非如此的暗晕之中。

其实不必言及姊妹艺术。单单在我作为职业的文学领地中，亦有十分近似的情况。只要自己明白便可心安理得的艺术，唯有小说。但小说也是一样，不同时代、民族的作品或已难以理解。诗歌更是如此，连同一时间、同一国度的挚友写出的作品，都难以做出确切的赏析。因此我从来写不出关于诗歌的批评。回过头来，小说亦令人生疑，谁能够将一部小说完全透彻地读解？任何人都不可能淋漓尽致地读通一部小说。且即便在小说领域，我也不具备广博而深邃的目光。

在我年近五十之时，这种悲哀伴随着森冷的恐怖。

这种悲哀当然不是源于今日。多年之前，我已经意识到自己的这种缺陷。但在这里，我却找见了一条逃路。就是说，明白自己并不十分了解事物，是我从事艺术工作的原因。但我并不知道，离开艺术去关注自然或人生，就更加无法透彻地认识事物。渐渐地，我却开始感觉到并不十分了解事物乃是一种幸福。

无疑，在此逃路之上存在着幼稚的骗局。常言道，大智若愚，不无道理。在懵懵懂懂的阁下眼中，彷徨的我不过是在逃避。然而，我并非感到不懂艺术便是幸福；事实上，我感觉不懂得自然或人生才是一种幸福。在这一说法中亦有着随意的飞跃。总之，这是事实。我在作为作家有的这种不安或不满中，时而感觉到生存的心安与满足，并不能随意地将其称为断念的懦弱。

战争中，尤其是战败后，日本人无力感知真正的悲剧或不幸。我的这一感受愈发强烈。丧失了感受力，也就等于丧失了感受的主体。

战败以后，我只能回归到日本自古以来的悲哀之中。我不相信战后的世态与风俗，亦不相信现实本身。

我似乎离开了构成近代小说根基的写实。或许，那才是我的本来面目。

近来读过织田作之助的《周六夫人》，尔后校对自己的作品《虹》，竟惊奇地发现二者十分近似。莫非同样是悲哀的流动？织田一味追究《周六夫人》中的所谓自我，但在种种精彩表现的背后，却隐藏着作者无比悲哀的心情。这种悲哀，与我哀悼作者身死的心境汇流为一。

战争之中，我曾在来往东京的电车和灯火管制的寝床上，阅读旧时的《源氏物语湖月抄》。我时而想到，在这样昏暗的灯光下或摇来摆去的电车上，认读豆粒一般的铅字，对眼睛没有好处，但另一方面，却也包含了一丝反抗时势的讥讽。横须贺线渐渐强化了战争气氛。可笑的是在这样一种情境下，我却阅读旧式木制版本的王朝恋情物语。似乎没有哪位乘客意识到我的这种时代错误。我曾戏谑地想，万一半道儿遇上空袭，负了伤，这结实的日本粗纸倒是可用来包裹伤口。

在这种状况下，我大约读了长篇物语的一半。读到第二十二三回时，日本投降了。阅读《源氏物语》的这种奇妙方式，给我留下了深刻的印象。在电车上，我时常恍恍惚惚地陶醉于《源氏物语》之中，回过神来则大惊失色。战争难民和疏散者扛着行李，一面担心空袭的降临，一面在焦臭的火灾废墟中不规则地蠕动。电车与我之间的不谐调本已令人惊奇，但我更加惊异的却是千年以前的文学与我之间的和谐。

早在中学时期，我已初涉《源氏物语》。应当说，它对我产生了很大影响。以后虽然隔三岔五地读过，却从未像此次这般投入，并产生那样的亲近感。我想，莫非因为是旧式假名书写的木版图书？假如阅读的是小字铅印的新式版本，其韵味必定大相径庭。此外，或许亦有战争的因素在内。

然而我却更加直接地漂流在《源氏物语》与我同一不二的心河之中。在那儿忘却了一切。我想到日本，意识了自我。我在那种状态的电车里捧读和式图书。这种略逞骄矜又令人生厌的举止，却招致了意想不到的结果。

当时，反倒有不少身在异乡的军人给我寄来慰问信。有人素昧平生，但文字大致相同。亦即他们偶然读到了我的作品，是为乡愁所感，对我表示感谢或亲近。我的作品似乎令他们怀恋日本。而这样一种乡愁，我仿佛在《源氏物语》中曾经感知过。

有时我觉得，《源氏物语》不仅灭亡了藤原氏，同时也灭亡了平氏、北条氏、足利氏和德川氏。至少可以说，以上诸氏的灭亡，与这一物语文学不无关联。

话说开去，在这次战争之中或者战败之后，绝对有不少的日本人心中都流淌着《源氏物语》那样的哀愁。

且在《周六夫人》那样的悲哀和《源氏物语》这样的哀愁中，悲哀、哀愁又为日本式的抚慰、救赎所淡化。因而悲哀、哀愁之本体，无法赤裸裸地对应于西方式的特定情感。我未曾体验过西方式的悲痛或苦恼，在日本也从未见过西方式的虚无或颓废。

浦上玉堂和斯契恩的小品在我心中留下印迹，或许也是基于前述悲哀的缘故。

玉堂的画作，描绘了秋季夕阳之下或杂木林中栖居的一群乌鸦。与斯契恩一样，红色也是用于表现悲怆，但这里的红色是淡薄的、朦胧的，杂木的红叶融入那晚空的色彩之内，整个画面笼罩在趋近黄昏的、悲哀的寂寥感觉中。此乃日本的晚秋给人的静寂之感。除了杂木和乌鸦，什么都没画。在你面前，只是略费工笔地描绘出一棵大树。这是一幅随处可见的树林写生，几乎没有南派画风的弊端，扑面而来的是自然的趣旨。树林的远方，似乎有水为背景，宛若一个晴澄的秋日。画面之中却体现了某种日本式潮湿空气的润泽，令人联想到夜露的冰凉。这幅画作产生出某种岁暮的旅愁，仿佛只身游历于秋天的原野尽头抑或山根之下。它不似《冻云筛雪图》那般寒冷，当然亦无那般甘美。如果说《冻云筛雪图》体现出冬天的冷酷，林鸦图则体现出秋天的严酷。尽管秋画之中的哀愁或寂寥多少有些感伤色彩，但亦无可奈何，日本的自然本来如此。我想，玉堂曾经携琴流浪，这或许是他的晚年画作。而从年谱上看，方知乃四十上下的作品。我感动备至，四十岁竟能画出这样的作品！且在我的眼中，画作又给人某种年轻之感。也许是我不懂绘画的缘故。倘若我是这幅画作的主人，秋天的深夜写作顿涩时，便可凝视于它。我想，一定会产生无限悲哀、无限寂寞的感觉。不过这种感觉并不意味着灰心丧气抑或萎靡不振，而仅仅仿佛辽远地目送我于宿命的河流之中（这篇文章发表后，我得到了《冻云筛雪图》，但绘画实物并不像照片上见到的那么“严酷”）。

斯契恩画的是少女面容。这件小品仅有两个巴掌大小。少女面庞给人的感觉是凄惨和穷困，多日哭泣的扭曲或病魔缠身的苍白。

一眼望去，油然感到痛切的悲伤和深深的怜爱。一张清纯而可怜的面庞浮现目前。

我见过几幅玉堂的画作，但斯契恩的绘画仅此一幅，而且是极小的一幅。何时画出亦不可知。仅凭一幅画作论说斯契恩，显然不足为信，但斯契恩的确触及了人的灵魂。我认为，斯契恩在画中充分地注入了自己的情感。也许这是画家早年穷困时期的作品。当然此画的悲伤不同于玉堂的秋林悲伤。出乎意料的是，我竟十分偏爱斯契恩的少女之悲。

去年十二月，据说巴黎的画廊展出了斯契恩的画作。有评论说，“任何人对斯契恩的作品都无法报以冷淡态度。年轻画家不堪承受他的作品，倒也情有可原。就是说，他的作品显而易见的特征之一，是一种近乎不堪承受的悲壮感觉的告白”云云（夏尔·艾斯奇恩努通信，青柳瑞穗译，原载《欧洲》2号）。我觉得不堪目睹的是，悲伤却并不凄恻。很明显，斯契恩承袭了梵高、陀思妥耶夫斯基之类的血脉。但他并不是那般惊人的大家。我所见到的关于斯契恩的诸多形容，狂躁、狂热、偏激、野性、残忍、恐怖、神秘、孤独、苦恼、忧郁、混乱、腐败、病弱等，不过是语言无法避免的夸张性形容。当我们面对一幅画作时，我觉得一切皆为空幻。

描绘少女面容的斯契恩，似乎有些颓废，但这种颓废却柔和地融入于朴素的哀愁之中。他所体现出的世纪末情绪也温馨地寄托于切实的哀怜之中。苦闷的孤独，亦无异教之神秘，而令人感受到人类的温存与眷恋。独眼、聋耳、歪鼻、斜嘴，这样一副面容，却是斯契恩呕心沥血塑就出来的。少女富于生命力，令人难忘。如果像诸多词语形容的那样，斯契恩的许多画作给人以异常强烈的感触，那么这幅少女面容，作为斯契恩灵魂真实的小小写照，或应受到加倍的喜爱。

然而，我本无意买下这幅画作。并非看在眼里有不洁之感，而因绘画乃基于视觉的创作，画面似亦加入我的悲哀之河。我像玉堂的秋天或斯契恩的少女一样悲哀，但这悲哀是文学性、抒情性的。话说回来，那幅画作亦并非我所最最喜爱的。如果要买西方人的绘画，我还是喜欢裸妇形象。

玉堂和斯契恩都曾来过附近的美术商店绿荫亭，在我家则仅仅借住片刻。但是，于我心中留下印迹的哀愁的绘画以及其后我与两幅画作的邂逅，或亦并非偶然。

似乎应就音乐略添几笔，否则会有首尾不合之感，而我已经疲惫不堪。我曾为野上彰和藤田圭雄的童谣集《白云·郁金香》写过序言，在此引用一小段，容余后述：

> 悲伤的摇篮曲沁人心脾。天真的儿歌令人坚强。
>
> 在日本，连军歌都含有悲哀的情调。且在古典和歌的音韵中，堆满了哀愁的形骸。新兴诗人的诗作，也很容易浸润于风土的湿气之中。

（1947年10月）

魏大海 译

花无眠

一些区区小事，时常令人不可思议。昨天，我刚到热海的旅馆，壁龛的花就被换成非壁龛用的海棠。因为很累，我早早睡了，凌晨四点就醒来。海棠花没睡。

我察觉到花不睡觉，非常惊讶。虽然也有夜晚开放的瓠子花、夜来香，有白昼开放的牵牛花、合欢花。然而多数花卉都是昼夜开放的。花无眠。尽管这事不言自明，我却是刚刚醒悟。凌晨四点看到那海棠，更觉美丽动人。它是用整个生命绽放花朵。它的美令人感到心中痛楚。

花无眠。这不言自明之事，偶然成为我用新的眼光看花的机缘。大自然的美是无限的，人类能够感受的美却是有限的。因为人类对美的感受力是有限的，所以，既可以说人类感受的美是有限的，也可以说大自然的美是无限的。至少，一个人毕生感受的美是有限的、不足为奇的。这是我的真情实感，是我的慨叹。人类对美的感受力既不会随时代进步而增强，也不会随年龄增长而提高。凌晨四时的海棠花亦须看作十分难得。我常喃喃自语：倘若一朵鲜花是美丽的，我当善待此生。

画家雷诺阿曾说：每前进一步，即向死亡接近一步，这是何等悲惨之事！他最后留下的话是，我仍相信进步。米开朗琪罗最后也说：当终于可以得心应手地表现事物时，死期亦到。米开朗琪罗活了八十九岁。我喜欢他死后的石膏面模。

对美的感受能力，在达到某阶段之前是容易提高的，仅靠头脑难以做到。要去发现美、亲近美，通过千锤百炼提高美的感受力。当然，的确常有实例证明：只需一件古代美术品，就可带来美的启迪、美的顿悟。一朵花亦可完成此项使命。

我常自省，对开放于大自然中的花朵，是否也像对壁龛独放的花朵同样留意。通常是剪来一枝花，插入花筒，摆在壁龛里才专心欣赏。不仅限于花卉，谈到文学，现今的小说家，大都不会像如今的诗人那样，细致入微地观察大自然。或者说，他们很少观察。人们在壁龛中装饰了花，又在其上挂上花的绘画。当然，从不会有比真花更美的画。对绘画兴味索然时，真花的美丽便赫然突现。即使画的花很美，更美的仍是真花。然而我们经常仔细端详画的花，却无心留意真的花。

无论是李迪还是钱舜举，宗达还是光琳，御舟还是古径，我常从画上花领略到真花之美。不仅是花。最近，我在书桌上摆了两个小青铜像：一是罗丹的女人之手，另一是麦约尔的斯巴达王后勒达。仅仅于此便可见出，罗丹与麦约尔的差异很大。但是，从罗丹我们得以理解手的表情，从麦约尔得以理解女性身体的肌肉，并对其观察入微惊讶不已。

我家的狗生下了小狗崽。当狗崽一步三晃地迈步时，我惊异于它某个瞬间的姿态：它与某物如出一辙。我发现它与宗达的小狗一模一样。宗达那幅春草图上方有只小狗，是水墨画。虽然我家的狗没什么名堂，是杂种狗，但我已深悟宗达高雅的写实手法。

去年岁暮，我在京都看到了晚霞，感到它与长次郎的赤乐毫无二致。我见过他烧制的、铭文为夕暮的茶碗。那红里透黄的釉色就是日本黄昏的天色。它深深印在我的心中。所以我在京都时，从大自然的天空联想到长次郎的茶碗。而且，当我看见那茶碗时，又不由得想到坂本繁二郎的画。那幅画很小。荒寂的野村、傍晚的天空、飘浮着面包片似的十字形云朵。那就是日本黄昏的天色。我已铭记在心。坂本繁二郎画中黄昏的颜色，与长次郎烧制的茶碗的颜色相同，都是日本特有的。在傍晚的京都我也想到了这幅画。当那幅画、那只碗、那黄昏的天空，三者在我心中交相呼应时，变得更加妙趣横生。

当时，我去寻访本能寺浦上玉堂之墓，踏上归途时已近黄昏。翌日，又去岚山观摩赖山阳的玉堂之碑。冬日的岚山游人寥寥。但是，我感到自己刚刚发现岚山的美。以前曾几度来此，似乎只将它看作一般名胜，并未着意欣赏它的美丽。然而岚山总是很美。大自然总是美不胜收。不过，其美妙之处只能是某人某时之所见。

就连那花无眠，恐怕也是因为我旅途独宿，凌晨初醒，才偶有所悟。

（1950年5月）

侯为 译

趋向心灵

年过六十，我这一生最最懊悔的就是没有写过诗歌或者吟咏和歌。

放弃和歌毋宁说是出于无奈。但至今我仍潜存着一个愿望，希望至少留下一本诗集。当今的日本语言芜杂不纯，小说无法逃脱这种芜杂的语言，令人苦恼和厌倦。因而，我期望在诗与和歌之中尝试纯美的日本语言。这是我写诗愿望的动因之一，当然不仅如此。少年时代，我曾经想做画家，然后便想做个小说家。青年时代竟至未曾立志做个歌人（和歌创作家）或诗人，连我自己也觉得奇怪。回想起来，我怀疑那是一种失误。我从很小的时候就比较喜欢日本的古典文学。在我的心目中，日本文学的本源正是和歌。日本的古典小说有《源氏物语》和井原西鹤的作品。走马观花式的一知半解，并不能深深地为其吸引。明治时期西方小说传入日本，但其后的日本小说未能充分地消化西方小说。我觉得，日本小说至今未能抵达成熟的境地。我还怀疑，近代西方样式的小说是否适合日本人，至少对我不适合。因此半途而废或心安理得于某种断念。不管怎么说，我已经写了近四十年小说，自然也有不少读者，但那些作品并不能称作真正的小说。作为小说家立命于世，我奢望犹存，一方面希望自己也能写出真正的小说，另一方面又更加反对拘泥于小说的类型或法则，欲求自由自在地表现心灵。也许是因为更多地承袭了日本古典文学的传统，或是更加趋近日本的古典诗歌。或许，回归日本故里的欲求反而开创出日本的新意。就我所见，西方近代小说的发达与成熟，乃在十九世纪至二十世纪初，如今则趋向于颓废或崩溃。浏览西方新的小说译本，有趣者仅在少数，且体现出强烈的冷漠或悲哀。很少令人获得教益，进而产生效仿之念。

（1960年1月）

魏大海 译

落花流水

座灯

岁末患上风寒。正月里时好时坏。坐在案前浑身发冷，一个字也写不下去。只好找篇旧稿翻阅，找出以“座灯”为题的片段。

我是在座灯的油光之下长大的。

时值明治三四十年代，无论何处的乡村都已用上了洋油灯，可我的祖父却认定石油危险。祖父老眼昏花，什么洋灯、座灯发出的光亮对他来说都无甚变化，都是一样的昏暗。与我同龄的人，恐怕均无此等体验：加菜籽油，拨灯油芯，且在旧纸座灯的微明中读书。

我稚幼的心灵萌芽，正是座灯的静寂火影。从八岁（虚岁）到十六岁，我一直和近乎盲人的祖父相依为命。

祖父对中医药方略知一二，或许还从他父亲那儿学到一点西医洋药的知识。二者综合起来，他琢磨出一套自家药法，还不时给村里的人们开具药方。他助人为乐，至死不渝。

有一年，赤痢蔓及全村，传染病院不得不增设了临时板房。而祖父认为，传染病院的治疗方法不对头。因而有人求他，他便开出自家药方。竟然有人将祖父的药方悄悄带进了传染病院。祖父的药方效果很好。我则感觉奇怪，因为在传染病院用药，有一种犯罪之感。

少年时代，我曾有过一种直觉。我总喜欢做一些小小的预言，或猜想遗失物件的去向，或料定翌日造访的来客。我是个早产儿，怀胎仅七月，因而体格瘦弱，颇受老人们怜爱。不知是否因此，我具备了某种敏锐的感觉。

在小学的开学典礼上，一进礼堂，我便感到恐怖至极，大哭起来。我觉得惊奇，这个世界上居然有这么多人。原因正在于我和祖父、祖母长期闷居家中。

记得我七八岁时还不会用筷子，像小鸟哺食一般，一直要人喂。米饭我几乎一口也不吃。为此祖母费尽了心思。

我讨厌与人交往，常常借故停学。然而村与村之间比赛儿童的上学出勤率。依照惯例，大家便来劝我上学。每当孩子们一拥而至时，我们家便关紧窗户。老人与我三人缩在角落里，一声不响。孩子们齐声叫喊，我也不应声。孩子们便乱哄哄骂将起来，用石块投掷窗户，并在上面胡乱涂写。

上中学后，我每天晚上都到小朋友家中玩耍。尽管已经懂事，知道这样不好。祖父独自一人多么孤寂，但我也寂寞，一到晚上，就无法老老实实地待在家里。

小朋友家里有双亲和兄弟姐妹。我依恋那种家庭的温情，总是磨蹭到很晚才回家。出了门才突然操心起祖父的境况，担心不在家的这段时间祖父突然死去。我拼命跑，悄悄溜进昏暗的家中，心中依然觉得对不起祖父。我低下头立于床前，宛若在向祖父请罪，然后注视着祖父的睡容。只顾睡觉的祖父常常在这种情况下被我弄醒过来。

中学三年级的第三学期，我住进了学生宿舍。玻璃窗也会令我新奇。夜晚，月光泻入。我喜欢在月光下面睡觉，特意将床铺搬到窗前。就我特别，孤零零的一张床铺远离同室学员的其他床铺。巡房的舍监看到，还以为我是一个受排挤者呢。室长因此请求我将睡铺搬回大家跟前。

当时的室长，是片冈铁兵的妻兄。

（1964年2月）

枕草子

为《风景》之类杂志撰文，对我来说驾轻就熟，也是非常愉快的事。

我喜欢任凭联想的浮动，信笔而作。写作之中，联想常常诱涌而至。这或许是一种普遍现象。但我觉得自己的这种特征尤为明显。或者，自己的脑瓜缺乏对于联想做出取舍选择的能力？我时常思索，新兴的心理文学，所谓“意识流”文学，如乔伊斯、伍尔夫、普鲁斯特以及福克纳等，均可十分简捷地称之为联想或回忆的文学。当然，此类心理小说相对于古典文学的坚固整齐，体现了近代以来的现代衰弱、颓废与困惑。新兴的文学的确重塑了人类的内在精神，然而……我曾对安德烈·马尔罗说过，萨特和加缪是不是有点儿歇斯底里？马尔罗既不反对也不赞同，沉默片刻，反问我道，那么你如何评价陀思妥耶夫斯基呢？你认为区别何在？我当然是做了回答，但答案似乎不甚圆满。如今，我自己都记不清是如何应答的了。后来小松清对我说，“歇斯底里”这一词语，在法国或在日本，多少有些意义差异。是小松清将我领到马尔罗家中并充任翻译。因而用“歇斯底里”一语概括两位杰出的现代作家，显然简单粗暴，极其失礼。但与马尔罗其人对话，必然诱发那种结果。无论文学还是美术，艺术论的对象是古今东西的最高杰作。人们永无止境、不厌其烦地延续着这种艺术论。然而在此，我并不想论证西方的文学，而仅仅尝试性地联想到日本的古典，如《枕草子》中以联想构成的部分，究竟占有多大的比例等等。我至今尚未意识到，这是不言自明的事情，根本用不着我去联想。

众所周知，《源氏物语》乃绘卷小说，姑且亦可称之为联想式的小说。作为联想文学，最富趣旨的是连歌和联句。这种诗歌本身即为联想或是联想的产物。在此，唯有联想，构成了生命的呼吸或脉动。我未曾听说，西方亦有此类诗文。即或有的形式比较接近，也没有像在日本这样盛行。战争时期，或是由于战败，我对日本的室町时代产生了兴趣，随意翻阅了当时的古典名作或研究书籍，自然也接触到一些连歌或联句。

在日本的古典文学中，连歌、联句也是最难评释的。评释的难度又是一种趣旨。这种难释或趣旨的一大要素，自然在于连歌、联句并非单一诗人的作品，而是数位诗人同时连缀而成（毫无疑问，亦有诗人独自创作连歌、联句，或者两位诗人通过书信往来进行创作。但是，此类连歌、联句却无正统性、真趣性可言）。诸多诗人汇聚一堂，先由一位诗人发句，后由另一诗人接句，然后再由第三位诗人续接，如此循环下去；且接句的顺序未必限定，想到下句的诗人可以抢先接句。由于到场诗人的秉性不同，不同场所、场合的兴趣各异，所以常常可以连缀出一些名诗佳作。因为连歌、联句并非某一诗人的联想，而充分体现了若干诗人的联想之妙。当然，我是借助日本国文学者的研究、评释阅读连歌或联句的。但当我掌握了一定的规则之后，便随心所欲地发挥自己的联想，且自得其乐。虽以五、七、五句式或七、七句式的短诗形式为基础，自我获得的自由却十分广泛。

《枕草子》一类的联想文学没有使我的想象如连歌、联句一般自由驰骋，也不曾荡溢出过多的美感。就两类文学的本质而言，不足为怪。我对王朝文学产生兴趣，也有四十五年的历史了。比较室町时代，毋宁说我更加了解藤原时代，甚至有些要素已经融于血肉之中。然而，仅就《枕草子》、连歌比较（也许是奇怪的比较）而言，我觉得还是连歌更富美感——诗的美感。当然，同为美感，室町时代或元禄时期的诗人们，只能有他们自己时代的美感。同样，作为现代人，若让我去感受他们时代的美感，一定存在诸多困难或者全无可能。借助王朝时代、藤原时代的公众美感，我同样不可能领略《枕草子》的美感。正因如此，最近我产生了一个疑问。亦即《枕草子》之中的美感或情趣，究竟有多少属于清少纳言时代（宫廷内外）的公众常识、社会观念或风俗习惯？又有多少是文学家清少纳言的独创？如今，我无力精确地考察、区分前述比例。然而一旦为前述疑问所扰，毋宁说就会妨碍了我对《枕草子》的鉴赏（同类书籍的缺失，或许正是清少纳言的幸运）。

清少纳言在《枕草子》一书末尾，似乎就此疑问做了解答。由此作者“后记”，我曾产生了考证整部作品的想法。请允许我引用一节较长的文字，即众所周知的“三百段”：

> 天色已暗，写字亦已看不清楚。假如我用笔娴熟，倒真想把它写完。这部草子（小说）乃于百无聊赖之中，述说平日目之所见、心之所思。且乃日常人们所忽略的内容。此等内容或许令人尴尬，言过其实。我也想到秘而不宣，但最终还是由心中泄露了出来。
>
> 叩见中宫（皇后），内大臣奉上御草子。曰：“此书何般内容？陛下（天皇）乃要一部史记。”答曰：“若要我写，只能写枕草子、杂记帖之类。”（清少纳言语）中宫曰：“那好，接旨。”结果，我信笔写下无数奇闻佚事，尚有太多的内容无从记忆。
>
> 或许有人贬斥道，将世上的怪事、幸事选辑出来，或将和歌乃至树木、花草、飞鸟、昆虫统统诉诸语词：“还不如原样留存于感觉之中。作者此举，实乃自戕。”
>
> 然而作为个体精神，随意写下自然之中的感触，或将亦融入自然之中。当我步入其他作家的优秀作品，便不再介意平庸之类的评判。如果有人读过作品言称“惭愧”（作品优秀得令读者惭愧），则完全实现了作者的预期。当然也是一种预示。无论嫉恨的情感是好是坏，人心长短是可以测知的。只要与人坦诚相见。（略）

这里所谓的“人心长短”似有两种解释：一是清少纳言自己的“心之长短”，一是对于《枕草子》多有溢美之词的读者的“心之长短”。前者表现了作者不加掩饰的自夸，后者却包含着作者略呈扭曲的谦逊。然而不论前者、后者，“……完全实现了作者的预期。当然也是一种预示”这些表述更加强化了清少纳言的自信。而“无论嫉恨的情感是好是坏”，则体现了清少纳言颇具个性或独创的观念以及感觉方式。她本人恐怕也是这样认为。然而，在这种个性、独创性之中，实际上包含的不过是时代的通俗性抑或流行色。生活于特定时代的作家本人，很难觉察到它们在何种程度上混为一体。任何时代，皆无例外。当然如今也是如此。我们应当时刻提醒自己。

（1962年10月）

魏大海 译

中尊寺展

金色堂正在拆建、修复之中，五月将举行落成庆典，尔后呈献供品。为了便于保存，往后人们只能隔着佛堂的玻璃观瞻光堂。允许出入光堂的，唯有中尊寺住持一人。住持今东光，在《平泉中尊寺》一书（淡交新社版）中写道，此次将金光堂的许多佛像、佛坛、佛具请至东京展览，乃时值金光堂修复工程之便，因而是绝无仅有的良机。一旦佛堂竣工，便不会再有此类展出的场景。听说今东光住持讲到，除了木乃伊，其他倒是仍可展出。而这一次“慈祥的大日如来”，令人憧憬并产生艳惑的密藏佛以及一字金环佛，都被破天荒地供奉于百货商店之中。或者毋宁说，灯光太亮，犹如深宫之中的美女坐在了光天化日之下。

在举行中尊寺展一周之前，我参加了今东光召集的一次聚会。席间，今东光对我说，你没见过我的和尚装束吧？“中尊寺展”开光之日，不来看看吗？今东光乃我故交，今年正好已有半个世纪。近年来，虽说体现了东光兄的能力与努力，但毋宁说运气也好。东光入山中尊寺，乃在昭和四十一年。而昭和三十七年至四十三年间，适逢金色堂施行修复工程。东光作为住持接手工程，自然要主持落成庆典，而此次修复工程被称作确保金色堂千年现形之举。因此，千百年之后，人们也会知道，历史上有位今东光住持。

进而言之，或许乃凡俗之见，东光作为候选议员，即将参加参议院的选举。适逢此时，东京举办了红红火火的中尊寺展。因而在我这个故交眼中，仿佛美女秘佛和诸多藤原佛宝，皆由奥州来到东京为东光兄捧场助兴。在东光的展出开光之日，我按照约定的时间直奔新宿的小田急百货店，然而却在东光的会客室里说了半天闲话。东光率领僧众，绕着会场撒花，我等边走边拾，就这么通过了陈列的场地。但是即便仅仅如此一瞥，金色堂大殿的布局、佛坛、金铜华鬘、螺钿平尘案、木造礼盘等已令人目不暇接。除了佛像，藤原时代的佛教美术、工艺同样令我深深感铭。木乃伊的木棺以及泰衡的首级匣，亦给我留下了强烈的印象。

今东光在开光致词中说，宇治的平等院仅有少量藤原时代的遗品，中尊寺却有三千件之多。尽管有点儿东光式的夸张，但在八百五十年前的僻壤陆奥，竟结出如此绚丽的文化之果，实在令人惊诧得瞠目结舌。森嘉兵卫氏写道："金色和紫色，乃平安文化的最高配色，亦是贵族文化的象征。而其原产正是奥州。"我本人未曾到过平泉，对那里的藤原三代历史一知半解；京都藤原时代的佛教美术，也仅仅略涉一二。我不过是个散漫随感式的爱好者。但正因如此，中尊寺展反而令我获得了无知者的新鲜感与喜悦。后来，我曾再度前去观赏，只见一些年轻人看得出神，不时地小声感叹，那么久远的物品竟保存得如此完美！我与这青年的感触完全相同。青年的感叹令我感觉到，生存于今，面对着千古之美，实乃难能可贵之事。

我仍然相信人类的追求是灵魂不灭、精神永生。这涉及宗教精神。但与其说中尊寺展的佛像、佛具作为美术鉴赏，毋宁说更是为了佛之礼拜。即便并非如此，在其留传至今仍有美感这一点上，已包含了某种心灵的开启。虽说未必成人类永生不灭的一个明证，但至少是谋求证明的一种努力。置身僻壤的藤原三代，创造出不比京都逊色的美；而他们所仰赖的并不仅仅是财富或对于京都文化的憧憬，重要的或许是所谓人类精神的显示。有观点认为，美术作品越旧越新，这种观点于中尊寺展亦可证实。日本式的优雅纤巧在这里达到了极致，藤原美术更显现一种活生生的强劲与敏锐。例如，金铜华鬘与佛坛之上的诸多金工，毛发的雕刻线纹，以及平尘案的细腿曲线，等等。木棺和首级匣，亦有一种奇异的强劲感。留神金工之上密密麻麻的孔雀文字，时代特征更趋明显。回溯下去，立见失却力度，造型也没有灵感。一字金环佛的台座是日后补制的，装饰过多，颇觉碍眼。而藤原美术同样装饰过多，却无过多之感。

一字金环佛像似一尊挂佛，背部空缺，仅有前半身。观赏侧面摄影，背部似乎被人切去了一般。背面摄影，更给人以虚空之感，仿佛身体已被掏空。这种感觉或与佛像的光背紧密相关。从前面看，则全然没有此类感触。我所希望的，只是在寺堂的微弱光线中重新凝视这尊佛像的“肌肤”。当然，在过于明亮的灯光之中凝视佛像，同样是绝无仅有的一次机遇。只见佛像的须发梳理有致，镶嵌玉眼，脸颊淡红，双唇浓朱，涂在丰腴裸身处的白粉，则在略呈灰色的底色中透出肌肤的淡桃红色。细长的眉眼一侧微微挑起，樱桃小口也向一侧略倾。作为表征的圆润、翘曲的佛指，则活生生地刻画出一尊丰丽的女佛形象。是谓“人肌大日”。的确如此，可谓技法纯熟，且距颓废仅有一步之遥。或许这尊佛像置身于佛、人之间的危险境地。

在昭和二十五年的学术调研中，验明了秀衡的遗体。据称是AB型血液，且因脑出血而左侧半身偏瘫。展览会上竖立着他的整体修复原像。此外尚可见到，佛坛金器原已生出青绿的锈迹。经过修复，氨水擦拭，贵重华丽或镶有蔓藤花纹的金银，则变得明亮耀眼。就是说，展览会上的许多展品都像明亮灯光下的一字金环佛。不过亦有许多展品，如木棺及其随葬品，透现出古代特有的奇异色泽；古代面具的脸部缘线，亦显现出久远时光流逝贯注的美。

（1968年2月）

魏大海 译

日本的美与我
——诺贝尔文学奖授奖仪式上的演说词

春花秋月夏杜鹃，冬雪寂寂溢清寒。

这首和歌，题为“本来面目”，为道元禅师[1]（1200—1253）所作。

冬月出云暂相伴，北风侵骨雪亦寒。

这一首，则是明惠上人[2]（1173—1232）的手笔。逢到别人索我题字，我曾书赠这两首和歌。

明惠的和歌前，冠有一段既长且详的序，像篇叙事诗，用以说明此诗的意境：

元仁元年（1224）十二月十二日夜，天阴月晦，入花殿坐禅。中宵禅毕，自峰顶禅堂返山下方丈。月出云间，清辉映雪。虽狼嗥谷中，有月为伴，亦何惧哉。入方丈顷，起身出

1 镰仓初期（1192—1333）的禅僧，1223年入宋，受曹洞宗禅法和法衣回国，后成为日本曹洞宗的开山祖师。

2 镰仓时代华严宗僧人。

房，见月复阴，隐入云端。恰闻夜半钟声，遂重登峰顶禅堂，月亦再度破云而出，一路相送。至峰顶，步入禅堂之际，月追云及，几欲隐于对山峰后，一似暗中与余相伴矣。

这篇序后，便是上面所引的和歌。和歌之后，作者接下去写道：

抵峰顶禅堂，已见月斜山头。

登山入禅房，明月亦相随。
愿此多情月，夜夜将余陪。

明惠是彻夜在禅堂里，抑或是黎明时分重返禅堂，他未加以说明，只是写道：

坐禅之时，得闲启目，见晓月残光，照入窗前。余身处暗隅，心境澄明，似与月光融为一片，浑然不辨。

心光澄明照无际，月疑飞镜临霜地。

西行[1]有“樱花诗人”之称，故也有人相应地称明惠为“咏月歌者”。

1　西行（1118—1190），平安朝末年诗僧。

月儿明明月儿明，明明月儿明明月。

明惠此诗，全由一组感叹的音节连缀而成。至于那三首描写夜半至清晓的《冬月》，其意境，照西行的说法：“虽是咏歌，实非以为歌也。”诗风朴直、纯真，是对月倾谈的三十一音节。与其说他“以月为友”，毋宁说他“与月相亲”；我看月而化为月，被我看的月化而为我，月我交融，同参造化，契合为一。所以，僧人坐在黎明前幽暗的禅堂里凝思静观，“心光澄明”，晓月见了，简直要误认是自身泻溢的清辉了。

“冬月出云暂相伴”这首和歌，正如长序所说，是明惠在山上禅堂坐禅，参悟宗教与哲理，其心境与明月契合相通的诗。我之所以书录此诗，是因为据我体会，这首和歌写出了心灵的谐美和通达。冬月啊！你在云端里时隐时现，照耀我往返禅堂的脚步，所以狼嗥也不足畏；难道你不觉得风寒刺骨，雪光沁人吗？我认为这首诗是对大自然，以及对人间的温暖、深情和慰藉的赞颂，也是表现日本人慈怜温爱的心灵之歌，所以，我才题字赠人的。

矢代幸雄博士以研究波提切利[1]而闻名于世，对古今东西方美术，学识渊博。他把“日本美术的特质”之一概括成“雪月花时最忆君”这样一句诗。无论是雪之洁还是月之明，都是四季各时之美，由于触景生情，心中感悟，或因审美会意而欣然自得，这时便会思友怀人，愿与朋侣分享此乐。也就是说，美者，动人

1　桑德罗·波提切利（Sandro Botticelli，1445—1510），意大利文艺复兴初期画家。

至深，更能推己及人，诱发为对人的依恋。此处的“君”，广而言之是指“人”。而“雪”“月”“花”这三个字，则表现了四季推移，各时之美，在日文里是包含了山川草木，森罗万象，大自然的一切，兼及人的感情在内。这三个表现美的字眼有其传统，即以日本的茶道而言，也是以“雪月花时最忆君”为其基本精神的。所谓“茶会”，也即“感会”，是良辰美景、好友相聚的集会。附带说一下，我的小说《千鹤》，倘若读后认为是写日本茶道的精神与形式之美，那便错了。这是一篇持否定态度的作品，针砭时下庸俗堕落的茶道，表示我的疑虑，并寓劝诫之意。

春花秋月夏杜鹃，冬雪寂寂溢清寒。

道元的诗句也是对四季之美的讴歌。诗人只是将自古以来日本人民对春夏秋冬四时之中最钟爱的四种景物随意排列起来，你可以认为，没有比这更普通、更平常、更一般的了，简直可说是不成其为诗的诗。但是，我再举出另一首古人的诗，与这首诗颇为相似，是僧人良宽（1758—1831）的辞世诗：

试问何物堪留尘世间，唯此春花秋叶山杜鹃。

这首诗与道元那首一样，也是普普通通的事，平平常常的字，与其说良宽是不假思索，毋宁说是有意为之的，在重叠之中表达出日本文明的真髓。更何况这是良宽的辞世诗呢？

漠漠烟霞春日永，嬉戏玩球陪稚童。

暂伴清风和明月，为惜残年竟夕舞。

非关超然避尘寰，平生只爱逍遥游。

良宽的心情和生活，如同这些诗句所描述的，住草庵，穿粗衣，闲步野外，与孩童嬉游，和农夫谈天，不故作艰深语，奢谈深奥的宗教和文学，完全是一派“和颜温语”、高洁脱俗的言行。他的诗风和书法均已超越江户后期。十八、十九世纪之交，日本前近代的习尚，臻于古典高雅的境界。直到现代，日本仍极其珍重其墨迹和诗歌。良宽的这首诗，表现的是一种辞世之情，自己没有什么值得留传下去的，也不想留下什么。自己死后，大自然只会更美，这才是自己留存世间唯一可资纪念的。这首诗凝聚了自古以来日本人的情愫，也可从中听到良宽那虔敬的心声。

久盼玉人翩然来，今朝相会复何求？

良宽的诗作里居然还有这样的情诗，而且也是我喜欢的一首。良宽到了六十八岁垂暮之年，得遇一位二十九岁的年轻女尼，深获芳心，成就了一段良缘。这首诗既表达他结识一位永恒女性的喜悦，也写出他望空秋水、久候不至的情人姗姗而来时的欢欣。“今朝相会复何求”这句诗充满了真挚朴素的情感。

良宽七十四岁圆寂。生在多雪之乡的越后，同我的小说《雪国》写的是一个地方，现在叫新潟县，地处内日本的北部，正好承受从西伯利亚横越日本海吹来的寒风。良宽的一生，便是在这样一个雪乡度过的。人已渐渐老去，自知死之将近，内心已趋彻悟之境。这位诗僧“临终之眼”里，想必也像他绝命词中所写的那样，雪乡的大自然会是更加瑰丽。我有一篇随笔，题为“临终之眼”。但此处“临终之眼”一语取自芥川龙之介（1892—1927）自杀时的遗书。芥川遗书中这句话于我铭感尤深，“大概逐渐失去了所谓生活的力量”，即“动物的本能”。

> 如此，我栖息在一个冰雕一般透明、具有病态神经的世界中。……我不知自己何时能够毅然自杀。当然谈论此类问题时，我发觉唯有自然，比凡常更加美好。你也许嗤笑我自相矛盾。一方面热爱自然的美好，一方面又要自杀。可你知道吗？自然的美是在我的临终之眼中映现出来的。

一九二七年，芥川龙之介以三十五岁的英年自杀身死。我在《临终之眼》一文中曾说：“无论怎样厌弃现世，自杀都不是开悟之举，哪怕已修德圆满，自杀者仍距圣境遥远。”我对芥川以及战后太宰治（1909—1948）辈的自杀，既不赞美，也不同情。但是，有位友人，日本先锋派画家之一，年纪轻轻便死去了，他也是很久以来就想要自杀的。他常说，没有比死更高的艺术，死即是生，几乎成了他的口头禅（见《临终之眼》）。依我看来，他生于佛教寺院，又毕业于佛教学校，对死的看法与西方人的观点自是有所不同。“有牵挂的人，大概是不会想到自杀的。”我因此想起那位一休禅师（1394—1481），他曾经两次企图自杀。

这里，我之所以要在一休之前加上“那位”两字，是因为在童话中，他作为一位聪明机智的和尚已为孩童所熟悉。他那奔放不羁的古怪行径，已成轶闻广为流传。传说“稚童爬到他膝上摸弄胡子，野鸟停在他手上觅食啄粒”，是为无心[1]的终极境界。看上去他似乎是位和蔼可亲的和尚，其实，也是位极其严肃、禅法精深的僧人。据说一休是天皇之子，六岁入寺，既表现出一位少年诗人的天才，同时也为宗教和人生的根本问题苦恼不已。他曾说：“如有神明，即请救我；倘若无神，沉我入湖底，葬身鱼腹！”就在他纵身投湖之顷，给人拦住了。后来还有一次，一休主持的大德寺里，有个僧徒自杀，致使僧众几人牵连入狱。这时，一休自感有责，“肩负重荷”，便入山绝食，决心一死。

一休把自己那本诗集，取名为《狂云集》，甚至以“狂云”为号。《狂云集》及其续集，以日本中世的汉诗而论，尤其作为一位禅僧的诗作而论，是无与伦比的，其中有令人瞠目结舌的情诗、露骨描写闺房秘事的艳诗。他饮酒茹荤，接近女色，完全逸出禅宗的清规戒律。大概是想从中自求解脱，以反抗当时僵化的宗教形式，要在因战乱而崩溃的世道人心中恢复和树立人的存在和生命的本义。

一休当年寄迹的京都紫野大德寺，如今仍是茶道的胜地。他的墨迹供于茶室，作为挂轴，极为珍贵。一休的字画我也收藏了两幅。其中一幅写的是“佛界易入，魔界难进”。这句话，我颇有感触，也时常用以挥毫题字。其含义可作种种理解，若加深究，怕会永无止境。一休虽在“佛界易入”之后加了“魔界难进”一句，但这位禅僧的话却深深打动了我的心。一个追求真善美的艺术家，对

1　禅宗主张“但能无心，便是究竟”，而“无心者，无一切心也。如如（真理）之体，内如木石，不动不摇；外如虚空，不塞不碍。无能所，无方所，无相貌，无得失”（见范文澜著《中国通史简编》第三编第二册621页）。

于“魔界难进”，既有所憧憬，又感到恐惧，只好求神保佑。他这种意愿，或者表现出来，或者深藏心底，归根结底，想必也是命中注定的吧。没有“魔界”，便没有“佛界”。要入“魔界”，更为困难，意志薄弱的人是进不了的。

逢佛杀佛，逢祖杀祖。

这是一句广为人知的禅语。倘以“他力成佛”与“自力成佛”来区分佛教宗派，那么，主张自力的禅宗，当然会持这样激烈的言辞。提倡他力成佛的真宗亲鸾[1]也曾说过：“善人往生净土。何况于恶人耶。”这同一休“佛界”“魔界”之说意思上不无相通之处，但也有不同之点。他还说过，“无有一名弟子”。而“逢祖杀祖”“无有一名弟子”，这恐怕也是艺术的严酷命运吧。

禅宗不以崇拜偶像为务。禅寺里虽然也供佛像，可是，在修习道行的场所和坐禅静虑的禅堂里，却既无佛像佛画，也无经卷释典，只是长时间闭目打坐，无思无念，灭“我”为“无”。这里的“无”，不是西方的虚无，而是天下万有得大自在的空，是无际涯无尽藏的心宇。当然，修习禅法，须法师传授，相与谈禅，以求开悟，并研读禅宗经典，但终须自己思索，靠自力开悟。同时，比起逻辑推理，更强调直观。与其求他人教诲，毋宁靠自己悟道。其宗

---

1 真宗亲鸾（1173—1262），日本佛教净土真宗的创始人。著有《教行信证》六卷、《净土文类聚抄》等。净土真宗与其他净土宗派所不同者，在于不重勤修念佛，而是强调坚执的信仰，提出即使是恶人，阿弥陀佛也要拯救，也可成佛，往生净土。

旨是“不立文字”，而在“教外别传”。能做到维摩居士[1]所说的“默如雷”，大概便是禅宗最上乘的境界了。相传中国禅宗始祖达摩大师“面壁九年”，即面对石壁，静坐默想达九年之久，结果终于彻悟。禅宗所主张的禅定即从这位达摩坐禅而来。

有问即答否便罢，达摩心中有万法。（一休）

另外，一休还有一首道歌：

且问心灵为何物，恰似画中松涛声。

这首诗同时也体现了东洋画的精神。东洋画中的空间意识、空白表现、省略笔法大概正是这类水墨画的灵魂所在。“能画一枝风有声”（金冬心），诚如斯言。

道元禅师也有类似的说法：“君不见，竹声中悟道，桃花中明心。”日本花道的插花名家池坊专应曾“口授”说：“以涓滴之水，尺寸之树，呈江山数程之胜景，俱瞬息万变之佳兴，正可谓仙家之妙术也。”日本的庭园也是用以象征大自然的。西洋庭园多半营造匀整，相比之下，日本的大抵不够匀整。然而，恐怕正因为其不匀整，象征的含义才更加丰富而深广。当然，这种不匀整，赖有日本人纤细微妙的感觉得以保持均衡。试问哪种庭园营造法能像日本庭园布局那么复杂、多趣、细致而难能？所谓“枯山水”，是以岩石造象，这种“石砌法”能凭空白地表现出山川秀丽之景和波涛

1　维摩诘的简称，佛教菩萨名。

汹涌之状。此法凝缩的极致见于日本的盆景、盆石。“山水”一词的含义，包含山与水（即自然景色）、山水画，也即风景画、庭园等，同时也具有“古雅清寂”“幽闲素朴”之意。然而，信守“和敬清寂”的茶道，尊崇的是“幽闲”“古雅”，则更加蕴含心灵的丰富。茶室本极狭小、简朴，而寄寓的意思却无边深广，无上清丽。

一朵花，有时让人感觉比一百朵更美。利休也说过，插花不宜插盛开的花。所以，日本茶道至今在茶室壁龛里大抵只瓶插一枝，而且是含苞待放的一枝。倘若是冬天，便插冬令的花，譬如取名“白玉”和“侘助”的山茶花，是种花朵很小的品种，选其色白者，单插花蕾待放的一枝。无色的纯白，不仅最为清丽，也最富色彩。

再者，花蕾须带上露水，也即给花朵洒上几滴水珠。五月里，以青瓷花瓶插牡丹，这是茶道的插花中最雍容华贵的一式。所插的牡丹，仍须是带露水的一朵白花蕾。不仅花朵上宜洒几滴水珠，而且插花用的瓷器不少也要事先淋上水。

日本的陶瓷花瓶中，古伊贺瓷（十五六世纪）要算最上乘而又最昂贵，淋上水后，栩栩如生，色泽鲜妍光洁。伊贺瓷是用高温烧制的。柴火一烧，稻草灰或烟灰散落下来，沾在瓶胎上或浮在上面，随着温度下降便凝结在釉面上。这不是制陶工人人工所为，而是烧窑时自然成就的，所以，又可以称作“窑变”，结果便烧出千姿百态的色彩花纹来。伊贺瓷这种素雅、粗糙而又遒劲的釉面一经洒水，就显得莹润明洁，与花上的露珠交相辉映。茶碗在使用前也先用水浸过，使之润泽，这已成茶道的惯例。池坊专应把“野山水边自多姿”（口传）作为他那一派插花之道的新精神。破损的花瓶，枯萎的枝头，无不见“花”，这些东西都可由花来解悟。“古人皆由插花而悟道”，于此可以见出，在禅宗的影响下，日本美的心灵的觉醒。恐怕也是日本人经过长期内乱，生活在一片荒芜之中的心境写照吧。

日本最古老的《伊势物语》（成于10世纪）是部叙事诗集，包含许多可视为短篇小说的故事，其中有一则写道：

> 多情人于瓶中插珍奇紫藤花一株。花萼低垂，长达三尺六寸。

说的是，在原行平招待宾客时插花的故事。花萼垂下达三尺六寸的紫藤，确是珍卉奇草，甚至令人怀疑是否真有此花。不过，我觉得这种紫藤象征了平安朝文化。紫藤具有日本式的优雅和女性的妩媚。低垂盛开，随着微风轻摇款摆，那一派风情真是婀娜多姿，谦恭平和，不胜柔媚。在初夏一片翠绿之中，时隐时现，仿佛也多愁善感似的。那朵紫藤花萼竟有三尺六寸长，想必会格外的艳丽呢。日本吸收中国唐代文化，善加融会贯通而铸就日本风格。大约在一千年前，日本便创造出光华灿烂的平安文化，形成日本的美，正像“珍奇的紫藤花”盛开一样，可以说是不同寻常的奇迹。当时已产生日本古典文学中最上乘的作品，诗歌方面有最早的敕选和歌集《古今集》（905），小说方面有《伊势物语》、紫式部（约970—1002）的《源氏物语》、清少纳言（约966—1017，据现存资料，截至当年尚在世）的《枕草子》等，这些作品构成了日本的美学传统，影响乃至支配后来八百年间的日本文学。尤其是《源氏物语》，从古至今，它始终是日本小说的顶峰，即便到了现代，还没有一部作品能与之比肩。早在十世纪时，紫式部便已写出这部颇有现代风格的长篇小说，堪称世界奇迹，所以也享誉海外。我在少年时代，还不大懂古文的时候，即已开始阅读古典小说，大抵都是平安朝文学作品，其中，《源氏物语》深深铭刻在我心上。《源氏物语》成书几百年以降，日本小说无不在憧憬、悉心模仿或改编这部名作。《源氏物语》的影响既深且广，和歌自不必说，就是美术工艺直到园林建筑，莫不从中寻取美的滋养。

紫式部和清少纳言，以及和泉式部（979—？）、赤染卫门（约957—1041）等著名诗人，都是入宫侍奉的女官。所以，平安文化，一般被认为是宫廷文化、女性文化，而产生《源氏物语》和《枕草子》的时期，是这一文化的鼎盛时期，或者说，从极盛转向衰颓的时期，此时已流露出盛极而衰的惆怅情绪。不过，那些作品仍可看作日本王朝文化的极致。

不久，王朝衰落，政权由公卿入于武士之手，是为镰仓时代的开始；武家政治一直延续到明治元年（1868），将近七百年光景。然而，天皇制也罢，王朝文化也罢，并没有灭绝，镰仓初期的敕选和歌集《新古今集》（1205），相对平安朝的《古今集》而言，技巧上和诗法上均有进一步的发展，虽不无文字游戏之嫌，却重视妖艳、幽玄的格调，讲究余韵，增进幻觉，与近代象征诗自有一脉相通之处。西行法师（1118—1190），上承平安下接镰仓，是这两个时代的代表诗人。

夜夜长把君相忆，却喜梦里偶相会。
若知醒后两分离，唯愿好梦留人睡。
却道梦里寻君难，上天入地都行遍。
何如缘情见君颜，怎得一面也心甘。

以上是《古今集》里小野小町[1]的诗，虽然写的是梦境，却又直接表现现实。到《新古今集》以后，又变成很微妙的写生。

群雀枝头闹，日影横竹梢。
添得秋色浓，触目魂黯销。
荻花洒满园，秋风侵身寒。
夕阳影在壁，倏忽已黯淡。

这是镰仓末期永福门院[2]（1271—1342）的诗，象征了日本纤细的哀愁。我觉得跟我的心境颇为相近。

无论是写“冬雪寂寂溢清寒”的道元禅师，抑或是吟咏“冬月穿云暂相伴”的明惠上人，大约都是《新古今集》时代的人。明惠同西行曾有过唱和，也论过诗：

西行法师常来晤谈，展读我诗，非同寻常。遣兴虽及于鲜花、杜鹃、明月、白雪，以及宇宙万物，然一切色相，充耳盈目，皆为虚妄。所吟咏之句，亦均非真言矣。咏花实非以为花，咏月亦非以为月，皆随缘遣兴而已。恰似彩虹横空，虚空有色；亦如白日映照，虚空明净。然虚空本无光，虚空亦无色。我心似此虚空，纵然风情万种，却是了无痕迹。此种诗乃如来之真形体。

（摘自弟子喜海所著《明惠传》）

1　9世纪中期日本女诗人，六歌仙之一，诗风秾纤绮丽。

2　日本南北朝初年的女诗人，伏见天皇的皇后。

这里恰好道及日本以至东方的“虚空”和“无”。有的评论家说，我的作品是虚无的，但西方的“虚无主义”一词并不适宜。我认为，其根本精神是不同的。道元的四季诗也曾题为“本来面目”，虽然讴歌四季之美，其实富有深刻的禅宗哲理。

（1968年12月）

高慧勤 译

美的存在与发现

我在加哈拉·希尔顿饭店滞留近两月。凌晨，我时常在伸向海滨的阳台餐厅看见旁边的长条桌上堆着许多玻璃杯。朝阳之下，玻璃杯熠熠闪耀，真是美不可言。我多次观赏这种景观。玻璃杯竟会这样闪闪发亮，我在任何地方都不曾见过。这里阳光明丽，海色湛蓝。无论在法国南海岸的尼斯、戛纳，还是在意大利南端的索莱特半岛海滨，我都未曾见过这般景致。我想，加哈拉·希尔顿饭店阳台餐厅那晨曦之中的玻璃杯将作为一种鲜明的象征，永远留存在我的心中。我不禁想起谓为常夏乐园的夏威夷，或者，它象征了檀香山闪烁的日光、明媚的天空、湛蓝的大海和葱绿的林木。

玻璃杯排列整齐，仿佛整装待命，且统统倒扣着，杯底朝上，两个三个地套在一起。杯子有大有小，却严丝合缝，像肌肤一样融为一体。那些杯子的杯身并未在朝阳之下闪耀光辉。只有倒扣朝上的杯底，圆形的边缘放射出耀眼的白光，宛若闪亮的钻石。究竟有多少只玻璃杯呢？或许有二三百只。当然，并不是所有杯子相同的底圈都在闪烁。但在数量众多的玻璃杯底圈的同一部位，却均有一颗闪亮的星星。玻璃杯巧妙地形成了星光闪烁的亮点队列。

玻璃杯底缘的闪耀引人注目，而此时我的目光又转向了他处。我发现朝阳的光辉亦落在杯身之上。杯身的闪亮不及杯底那般强烈，却闪现出朦胧而柔和的光芒。也许在阳光灿烂的夏威夷，日本式的所谓“朦胧”并不贴切。底缘的闪耀呈星点式放射，杯身的光亮，则柔和地扩散于玻璃的表面。两种光亮，皆给人一种无限洁净的美感。也许，乃受惠于夏威夷充足而明媚的阳光或爽快而清澄的大气。餐厅一隅长桌上这些备用的玻璃杯令人发现或感受到早晨的阳光。为了让眼睛歇息，我转而凝视阳台餐厅。这会儿工夫，玻璃杯已摆在客人的餐桌之上，且注入了饮料和冰块。玻璃杯的表面和杯中的饮料、冰块，都映衬、射入了凌晨的阳光，闪烁着各种各样微妙的光彩。无意之中，这光彩益发显得洁净而美妙。

朝阳之下玻璃杯映现的美也许并不局限于夏威夷的檀香山海滨，也许在南法海滨、南意大利海滨抑或日本的南方海滨，亦会像加哈拉·希尔顿饭店的阳台餐厅一样，在玻璃杯的肌肤上，映现出明媚而充足的阳光。玻璃杯这一平常无奇的器皿，鲜明地象征了檀香山闪耀的太阳、明亮的天空、蔚蓝的大海或嫩绿的林木。此类象征绝无仅有。但无可置疑，其他地方的景观也会明显地象征出夏威夷的美或显现别样的无与伦比的美。例如，色彩艳丽的鲜花，郁郁葱葱的林木，或至今无缘观赏的珍奇景色——大洋之中雨过天晴的彩虹或月晕时环绕月球的圆环等等。

然而，我的确在阳台餐厅的朝阳之中发现了玻璃杯的美。有生以来，我第一次遇见这样的美；而在此之前，在任何地方，我都未曾领略过这样的美。此类美的邂逅，想必既非文学亦非人生。说起来，恐怕跳跃过大，过于夸张，也许事实并非如此。在长达七十年的人生旅途中，我初次在这儿发现、感受了玻璃杯的那般光彩。

也许，宾馆的主人并未意识到玻璃杯的闪耀。摆在那儿，并未事先设计出美的效果。他们大概也不会知晓，我在那儿看见了美。

那种美给我留下了太深的印象，以至每天凌晨我都在想，今晨的玻璃杯将会怎样呢？而跑去一看，却今非昔比。当然，我的观察更加详尽。我曾说过，在底部朝上倒扣的圆形中，有颗亮星在闪耀；此后多次观赏，观赏时间、角度各不相同，又发现亮星不止一颗，而有数颗。有时，亮星不仅出现在底边之上，也会显现在杯身之中。那么，说是底边有颗亮星，莫非是我的误视或错觉？不，有的时候的确只有一颗。虽说群星闪烁比孤星一颗更美，但对我而言，初次看见一颗孤星时产生的美感，才是最美的。或许，在文学与人生之中均有此类现象。

本来我打算首先论及《源氏物语》，却不由自主地说出了玻璃杯的故事。然而，虽然说的是玻璃杯，《源氏物语》却始终萦回于我的脑际。也许人们感觉费解，难以置信，我却并不介意。关于玻璃杯的话题，毕竟过于冗长、过于啰唆，但这恰恰反映了我之迂腐不堪的文学与人生。对我而言，这是常有的事。其实由《源氏物语》入手更好一些。玻璃杯的闪耀，不妨以更为简短的词语来表达，如吟于俳句或和歌之中。然而此时此刻，我只想以自己的语言表述自己的发现与感受——玻璃杯闪烁于朝阳之下的美。这种愿望，体现了我的心路历程。当然，在其他的时间、地点亦会发现类似于玻璃杯的美。但与之全然如一的美，在其他的时间、地点恐怕难以见到。至少我本人从未见过，或许可谓之“一期一会”。

有人以大洋之中垂直升腾的彩虹和月晕形容环绕月亮的圆虹。此类美谈，我是从夏威夷一位创作俳句的日本人那里听说的。据说，他想在夏威夷编写一部夏威夷的季语集。前述两种罕见的彩虹，正是一种夏季的季语。“海雨”“夜虹”，乃权宜之说，或许还有更为贴切的词语。听说，夏威夷还有“冬绿”之类的季语。听到这儿，我想起自己的俳句戏作：

远眺近看似葱萃，去年今年岁目催。

这首俳句乃今年元旦作于意大利的索伦托，当作夏威夷的“冬绿”之诗，似乎未尝不可。在叶落冬枯的日本旅行或在北极的天空飞翔，太阳低低地爬出地平线，旋即便沉落下去。我在白昼苦短的瑞典逗留了十天左右。途经酷寒之中的英国、法国，最后抵达南意大利的索伦托半岛。隆冬季节，这里的树叶、花草近乎统统是一片葱茏，美艳夺目，在我心中留下了鲜明的印象。路旁街树之上的橙子，显现出浓郁的颜色。不过听说今年冬天意大利也是天气异常。

元辰拔白阵雨烈，维苏威巅不见雪。

海上骤雨山间雪，响晴勃日索伦托。

元辰羁车旅，暮时终归索伦托，灯影拿波里。

第二首和歌作于翻越高山的汽车郊游。一上山岭，鹅毛大雪纷纷扬扬。在索伦托，属异常现象。

十分遗憾，我写不好俳句、和歌，也不会作诗。但遥远的异国之旅令人愉快，如释重负。我便乘兴游戏，照猫画虎，将此类戏作写在笔记本上，亦不无裨益。可作为日后备忘，亦可勾起回忆。

冬绿一句中的“去年今年”，亦即在除旧岁迎新年之际，一面回顾逝去的年华，一面向往将至的新年，也是正月的一种季语。我选用这一词语，乃因记起了高浜虚子（1874—1959）的一首俳句：

去年复今年，恍若竹棒总贯连。

这位大俳句家与我住得不远，就在我镰仓居家的附近。战后，我曾写过一篇文章，褒扬虚子的短篇小说《虹》。这位老先生竟独自一人来到我家门前致谢，令我诚惶诚恐。没错，他身着和服、套裙，足登高齿木屐，尤为引人注目的是脖颈后面的领子中斜插着一卷诗笺。那诗笺是他亲自写下赠予我的，上面是他的一首俳句。由此我才明白，俳人之间或许有此惯例。

镰仓车站在岁末年初，常常悬挂起市内文人自吟自撰的和歌与俳句。某年岁末，我在车站偶然看见虚子的句作《去年今年》，惊叹不已。我惊诧那“恍若竹棒总贯连”，产生了由衷的感动。真是妙不可言，犹如一声禅唱。由虚子的年谱可知，该句作于一九五〇年。

作为《杜鹃》（俳句杂志）重要代表诗人的虚子，其诗句犹如平常谈话时的自言自语，自由自在，毫不造作。他创作了数不尽数的淡泊俳句，而其中不少巨作无与伦比，令人感到惊诧、奇妙而深邃。例如：

娉婷白牡丹，依稀红颜似羞赧。
戚然望枯菊，何物犹存形骸中。
秋晴不胜美，迷蒙天空溢馨香。
徒然复逝年，时光默默岁月迁。

《逝年》一句，与《去年今年》一句似有相通之处：

元辰普天庆，总将此心系世情。

某年元旦，我在随笔之中援引了阑更的这首俳句，于是一位朋友求我将此俳句写成一幅元旦挂轴。但根据不同的鉴赏方式，对于此句的理解，或低或高，或俗或纯。总之，我担心将此俳句理解为平凡的说教，因而踌躇之中，我又挥毫附写了其他几首俳句。

年终岁末时，夜空晴美人不知。（一茶）

去年复今年，恍若竹棒总贯连。（虚子）

元辰普天庆，总将此心系世情。（阑更）

元旦望晴空，千羽白鹤舞幻冬。（康成）

当然，将我的俳句附赠朋友，权做笑料。

我在镰仓一位古画商处，曾经见过小林一茶（1763—1827）自吟自书的俳句挂轴，于是铭记于心，但不知此句是何时何地的作品：

寒夜五尺雪，终将归宿故里寻。

一茶的故乡是信浓柏原，位于多雪的越后边界及野尻湖湖畔。这首俳句乃回归故里时所作。照此说来，那儿是高原地带，位于户隐、饭纲及妙高山麓。因此冬天的夜空高冷异常，似乎已冰冻起来，实际上给人的感觉是群星闪烁，仿佛颗颗寒星从天而降，而且，是在岁末除夕的深夜之中。于是在人们“惯用”的、司空见惯的词语之中，发现或创造了美。

同样，在虚子“恍若竹棒总贯连”那凡人想象不到的、自由大胆的表现中，也包孕着深邃、宏大与力度。《逝年》一句中的“时光默默”，似乎也很难用于俳句表现。不过话说回来，早在清少纳言的《枕草子》中，便有如下段落：

> 徒然流逝的……帆船。喻人之年龄或春、夏、秋、冬。

虚子的《逝年》令我联想起《枕草子》中的“徒然流逝”。清少纳言和高浜虚子均丰富了日语中“徒然”一词的生命力。历经九百五十年岁月，“徒然”的语感词意或有少许不同，但我认为差异微乎其微。当然，虚子肯定读过《枕草子》。但我不知道，虚子读到《枕草子》中“徒然流逝”一句时是否留下了深刻的印象。或许他“效法原歌”似的模仿了前人的表现？即便是模仿的，对其诗作亦无伤大雅。同时不妨说，虚子表现的“徒然”比清少纳言的“徒然”用得更加灵活，更加富于生命力。

我的思绪之中浮现《枕草子》，当然亦飘溢出《源氏物语》的气息。这两部作品联系在一起，乃属必然的命运。“源氏”的作者紫式部和清少纳言是空前绝后的两位天才。两人生于同一时代，则是命运所致。同时，生息于那样一个优越的时代——培育、发挥出她们的天才的时代，也是两人的幸运。倘若两人早生五十年或晚生五十年，想必便写不出《源氏物语》和《枕草子》了；二人的文才也不会达到那样的高度，并且开花结果。的确如此。这是一个严酷的现实。论及《源氏物语》或《枕草子》，我首先痛切感触到的，总是这样一个现实。

日本物语文学的顶峰是《源氏物语》，军记文学的极致则是《平家物语》（完成于1201—1221年）。浮世草子（江户时代的小说）的大家是井原西鹤（1642—1693），而俳谐的大师则是松尾芭蕉（1644—1694）。此外，雪舟（1420—1506）代表了水墨画的最高成就。宗达、光琳派的绘画，则由俵屋宗达（桃山时代，16世纪后半叶至17世纪初叶）和尾形光琳（元禄时代，17世纪后半叶）二人推向极致，或亦可说由宗达一人所完成。他们的追随者、仿效者虽非亚流，但出现与否、存在与否皆无关紧要。或许这种说法过分偏激。但作为生活于今的文学家，总而言之，日常之中，多年以来，我始终痛切地抱有前述观念。自己如今生存于其中的时代，对艺术家、文学家而言，是不是最为适宜的时代？我时常借助时代命运的视点，思考自己的作家命运。

我主要从事小说的创作，但我怀疑小说究竟还是不是当今时代最为适宜的艺术或文学。或许，小说的时代正在完结，文学的时代亦将完结。纵观如今的西方小说，我也会产生前述疑虑。日本引进西方的近代文学，已有近百年的历史；然而近代以来的日本文学，终未再现辉煌，与王朝时代的紫式部、元禄时代的松尾芭蕉皆不可同日而语，且日见衰弱下去。或者，现今的日本文学处于上升期，不久将出现新的紫式部或松尾芭蕉？那真是求之不得。我时常觉得，随着明治以后日本国家的开化与勃兴，日本亦有许多大文学家，但这些作家年轻时多致力于西方文学的学习与移植，半辈子投身于启蒙。为此，许多人不能以东方或日本为根基，令自己的创造臻于成熟。他们是时代的牺牲者。不同的是，芭蕉认为，“疏传统难以立根基，悖时尚无以树新风”。

芭蕉发挥、培育了自己的才能，且适逢恩惠的时代命运。他受到众多杰出弟子的敬慕，受到世人的肯定与尊崇。但即便如此，在“奥州小道”旅行前夕，他仍多次发出“客死路途系天命”之类的感怀。在最后一次旅行中，他留下一首和歌：

小径叶暮无客及，秋深邻人何孤寂。

而最终旅行的辞世诗为：

末旅病中嗟，魂牵梦萦寄枯野。

我在夏威夷宾馆滞留期间，主要阅读《源氏物语》，间歇则读《枕草子》。因此，我才鲜明地感受到《源氏物物》与《枕草子》或紫式部与清少纳言之间的差异。我惊诧不已。也许是自己年龄的缘故，我甚至产生一种怀疑。比较而言，清少纳言远不及紫式部那般深刻、丰富、宽广、博大或严谨。我这种新的感受，至今未渝。这种差异或许众所周知，早已有人论及，但对我而言，显然是新的发现或确认。那么简而言之，紫式部与清少纳言的差异究竟是什么呢？在紫式部那儿，贯穿着流向芭蕉的日本精神。清少纳言所代表的却是日本精神的另一流向。这种概括过于简单。当然，也许有人会对我的这种说法产生疑问、误解或反驳。这无关紧要，尽可悉听尊便。

此外，根据我个人的经验，作品的鉴赏与评价常常随着时间的推移而变化，无论是我自己的作品，还是古往今来的作品。有时是大的变化，有时是小的变迁。始终如一地维持相同评价的文艺批评家，或为大师，或为庸才。不定何时，没准儿我又将清少纳言与紫式部相提并论。少年时代，我已读过《源氏物语》和《枕草子》，但只是随手拾阅，并不理解其含义。读完“源氏”，便读《枕草子》。只记得有耳目一新之感，精神为之一振。《枕草子》给我留下了亲切、鲜明、闪烁、慧敏以及爽快的印象。那种美感或感觉，新鲜、敏锐且富有流动性。联想的飞翔令我飞腾于天空之中。或许正因如此，才有批评家宣称，我的创作风格更多地受到《枕草子》的影响，而不是《源氏物语》。也许，后世的连歌、俳谐确与《枕草子》中语言的动感相通，但后日的文学所崇仰、模仿的却是《源氏物语》而非《枕草子》。

本居宣长（1730—1801）在《源氏物语玉梳》中写道：

> 在诸多物语书籍中，这部物语出类拔萃，可喜可贺。不妨说前无古人，后无来者。首先，此前的古代物语未能在一切表现之中，那样深入地融会作家的精神。……任何一部作品，都未在叙事之中展现出那样深刻、细致的“物哀”之美。而此后的物语作品，……几乎都在模仿《源氏物语》，……拙劣不堪。……唯有这部物语，极其深入、事无巨细地包含着作者的精神。无须赘言，作品中的一切词语表现皆妥帖自然，……例如春夏秋冬不同节气的天空景色，或婀娜多姿的树木花草。在所有贴切的表现中，尚以不同的笔法描绘了众生男女形形色色的形象与心理。……即便是以朦胧的笔致虚构人物，仍然给人以栩栩如生之感。

此类描述，使本居宣长成为美的伟大发现者。他还写道：“作品中随处可见的人情描写，堪称空前绝后。”

宣长笔下，出现了“空前绝后”这一字眼，即古往今来，无与类比。这种说法，或许源自宣长由衷的感动。但不幸的是，宣长的预言果然灵验，时至今日，尚无一部日本小说堪与《源氏物语》相媲美。“不幸”一词，怎么可以随意摆弄？实际上亦非我之一己之念。九百五十年或千余年前，紫式部作为日本民族的一个成员推出了《源氏物语》，而吾等翘首企盼的是再度出现与之齐名的文学家。

拉宾德拉纳特·泰戈尔（1861—1941）有印度诗圣之谓，他在访问日本的讲演中说道：“任何民族，皆有向世界展示自身的义务。默默无闻，不妨说是民族的罪恶，是比死亡还要糟糕的，在人类历史上是不能饶恕的罪过。一个民族，必须向世界呈示它的民族精华。这是富有的象征。作为民族财富的高洁的灵魂，必须明确自己的责任，亦即超越眼前的部分需要，将本国的文化精神奉献于外面的世界。”他又说：“日本已经形成了一种具有完整形式的文化，尤其发展了某种视觉性。亦即，由美之中见真理，于真理之中识别美。”《源氏物语》属于遥远的过去，但却比我等后人更加出色地承担着泰戈尔所谓的“民族义务”，且日后还将继续负此重任。然而欣喜之余，想必亦应感到悲哀。

（1969年5月1日，在夏威夷大学的公开讲演）

日本“发展了视觉性。于美之中见真理或于真理之中发现美。而（在日本）重申这一观点，则是吾等外国公民的责任。日本树立了正确、明晰而完整的日本风格。这种风格的实质是什么呢？实际上，我们外国人比日本人自身，更容易感知于彼。显而易见，对于全人类，那是一种无价之宝。原因并不在于，在世界诸多民族中，唯日本具有纯粹的适应力。应当说，这种日本风格产生于日本民族内在精神的底层”。（高良富子译）

泰戈尔的这一段话，出自他第一次访日时的讲演，亦即大正五年（1916）庆应义塾大学的题为“日本精神”的讲演。当时，我还是旧制学校的中学生，由报刊上看到泰戈尔的巨幅相片，至今仍记忆犹新。只记得，诗人留着浓密的长发，长胡子，长颚须，身裹宽松的印度服，高个头儿，目光炯炯，锐敏深邃，整个儿一副圣者风貌。他那银白的须发飘然两鬓，鬓角颚须竟然一般长短，在脸颊上面连为一片。这种东方古代仙哲似的面容，深深印迹在我那少年的心中。当时我已读过少量泰戈尔的诗歌。因为他的诗歌中有些以简洁的英语创作，中学生也已能够理解。

泰戈尔一行于神户港登陆，据说，日后他曾对朋友说起，当开往东京的火车“抵达静冈站时，有一僧侣团体正在焚香合掌，表示欢迎。此时我才感到，啊，终于到日本啦！我非常高兴，热泪盈眶”。据说，那个欢迎团体是静冈市四誓会的二十余名佛教徒（引自高良富子译注）。此后，泰戈尔又曾两度访问日本。一共有三次。关东大地震翌年（1924），他也来过日本。泰戈尔的根本思想是，“永恒的精神自由体现在博爱之中，伟大包含于渺小之中，而无限则呈现于有形的羁绊之中”。

说起静冈，如今我正在夏威夷的宾馆之中品味静冈县的“新茶”，亦即八八夜采摘的新茶。在日本，乃从立春数至八十八天。今年（1969）则是五月二日。八八夜采摘的新茶，据说是长生不老、消灾祛病的灵丹妙药。自古以来，它便是贵重的名茶，是一种吉祥的象征。下面这首采茶歌脍炙人口，显现出某种季节之感，令人感觉亲切。

夏将至，八八夜，漫山遍野嫩叶茂。

影影绰绰采茶女，茜色背带笠菅茅。

在这样的茶田山村，每逢八八夜，天一亮，村里的姑娘们便统统出来采摘新茶。处处可见青底白花的和服、红色背带和菅茅草笠。

我朋友的老家正是静冈县，他吩咐静冈的茶铺用航空邮件寄来五月二日采摘的新茶，邮件五月九日便寄到了檀香山的宾馆。我急不可待地泡上一撮新茶，品味着五月初叶的日本气息。这并非茶道之中使用的末茶或粗茶，却是称为煎茶的嫩叶茶。茶叶的品类皆由客人自选，浓、淡自便。作为礼仪，通常由主宾向老板询问茶叶的名称，因为茶铺总是给不同的茶叶冠以各色各样的风雅名号。恐怕喝咖啡、喝红茶也有同样的习俗。泡茶时的芳香与品味，体现出泡茶者的人品与心性。虽说作为江户时代、明治时代文人趣味风行一时的煎茶术如今已然衰微，但煎茶的方法亦即如何品味、如何泡透煎茶，仍旧需要懂得其中的诀窍、习惯与心情。

我是怀着欣喜的心情浸泡新茶的，所以冲出的气味圆和、甘甜、柔润。檀香山的水质也好。在夏威夷品味新茶，我的眼前浮现出静冈县乡村的茶田。那是连绵不断的丘陵地带，离那儿不远便是东海大道。我曾经在那儿漫步。但此刻眼前浮现的乃是在东海大道的列车车窗中望见的茶田。只记得也是黎明和傍晚时分，在凌晨或黄昏的斜阳中，透过排列成行的茶树，我发觉茶田沉沦于浓暗的山谷之中。茶田的茶树矮茬茬地一般高低，枝叶繁茂；除了嫩叶，大都叶色蓝郁，甚至有点儿发黑。于是，排列成行的茶树之间掩映出浓暗的色调。黎明的暗绿仿佛是静静的觉醒，黄昏的暗绿则犹如静静的入眠。记得有一次傍晚时分，我由列车车窗中望见了丘陵之中的茶田，宛若绿色的羊群静谧地沉睡。当时，新干线尚未建成，经东海道往来于东京、京都，列车要疾驰三个小时。

东海道新干线或许是世界上最快的列车。车速过快，车窗外风景带来的情趣便损失了很多。在以前的东海道线，在以前那种速度的车窗中，像静冈县茶田这种引人注目、诱人沉思的景物比比皆是。其中印象最最鲜明、令我尤为感动的，则是近江路旁的风光，亦即发自东京的列车临近滋贺县时的风光。松尾芭蕉的一首俳句即描写了近江风光：

惜比近江人，春去花落万籁静。

每当我临近春天的近江路，必定会想起这首俳句。我惊诧于芭蕉美的发现，我自身的情感似亦包含于此句之中。

不过，我却是在无意之中、随心所欲地理解这首俳句的。人们常常会将自己喜欢的诗歌抑或小说据为己有，或者牢记心中，任由自己随意鉴赏。毋宁说，一般的鉴赏并不在意作者的意图、作品的原貌或学者评论家的研究与评论。鉴赏本来是离开这些限定的，也不知道会有这样的诸般限定。鉴赏古典作品，亦同此理。作者只要放下了笔，作品便以作品自身的生命走向读者。此时，生杀大权全在与之相遇的读者，作者无法过问。芭蕉说过这样的话：“卸下文台即返古。”芭蕉写下此话时的意义与我此时引用的意义，已经大相径庭。

我竟忘记了，《近江惜春》一句也在俳句集《猿蓑》（元禄四年，即1691年刊行）之中。我只觉得，此句之中有“春之近江”或“近江之春”。这真是感觉至上。在我心中的“春之近江”或“近江之春”中尚有一片暖黄色调的菜花地，紧接着是美丽的、淡红紫色的莲菜花地，还有春霞之中的琵琶湖。近江地方，有很多菜花田和莲菜地。然而真正令我感动不已的却是列车临近近江的短暂瞬间，因为车窗的风光象征着我的故乡。这里的山脉形状和缓，树木的纤姿也给人细腻之感，整个儿风景都是纤细优雅的。这里是京都的入口，京都已翘首可见。近江属近郊，位于京畿之内，也是平安王朝、藤原时代（794—1192）的文学、艺术，诸如《古今集》《源氏物语》《枕草子》的故乡。我的故乡其实在产生《伊势物语》的芥川一带，是一处不值一看的农村，离京都有半个时辰或一个时辰的路程。于是乎，我觉得京都便是我的故乡。

在檀香山的加哈拉·希尔顿饭店，我才初次认真地读到山本健吉（1907—　）《芭蕉》一书中的评释。“惜此近江人，春去花落万籁静。”芭蕉创作此句时，似乎并非由东海道漫步而上，而是从伊贺走向近江的大津。据说《猿蓑》之中有“望湖水惜春”的释文，也有“志贺唐崎泛舟，人人留恋春光”的释文真迹。此外，“近江人”之“人”，似乎亦有某种人事关联。然而，若从山本健吉的评释之中删除前述对我有利的内容，则为：

> 论及此句，《去来抄》（向井去来，1651—1704）中曾有如下传说。先师曰：“尚白（江左尚白，1650—1722）有难，或近江丹波，或晚春旧岁。汝等何闻？去来曰，尚白无难。湖水朦胧，传鸿惜春。尤若今日。先师曰，但闻古人于此恋春，弗逊都城。去来曰，此言极是。岁末近江，何来此感？春末丹

波，亦无此情。无疑，风光令人感动。先师曰，汝乃去来，共言风雅，不亦乐乎。”又如，《枭日记》（各务支考，1665—1731）中元禄十一年七月十二日，有牡丹亭夜话一节，亦见同样记载。末尾去来说道，“风流乃自在之物”；支考亦云，“所谓自在，乃先知先觉也”。

风流亦即发现存在之美。或感知发现之美，创造感觉之美。而所谓“自在之物”的特定“场所”的确至关重要。毋宁说那是上天的恩惠，如果能够“预知”这种场所，那可真是美神之恩赐。虽说“暮春惜对近江人”一句不过是简单明了的诗句，但场所定为“近江”，时间划在“晚春”，即包含了芭蕉对于美的发现与感觉。如果换在其他的场所，如丹波，其他的时间，如“岁末”，便不会产生此句这样的生命力。“暮春惜对丹波人”或“岁末惜别近江人”，皆无“暮春惜对近江人”一句的妙趣。多年以来，我曾屡次偏离芭蕉创作之时的本意，随心所欲地任意曲解。而“暮春”“近江”二词，实在与芭蕉的心灵一脉相通。听似强词夺理，实乃千真万确。

特定“场所”也好，此前述及的静冈茶田也好，实际上我心中所崇奉的乃是《源氏物语》之中的《宇治十帖》。宇治与静冈并称为日本茶叶的两大名产地。所以言及静冈茶田，必然想到宇治一地。这种理所当然的联想是极其平庸的。然而在檀香山的宾馆里我一直阅读《源氏物语》，对于彼时彼地的我来说，“宇治”一语却并非地名，而是《宇治十帖》的宇治。就是说，《源氏物语》第五十四帖的末尾十帖亦即源氏第三部的“场所”，实在非宇治莫属。这种观点有些微妙，与我的望乡思绪有关。此外，紫式部在创作之时置宇治于彼地，亦令后世的读者认定，特定场所必为宇治。这便是紫式部的作家力量之所在。

凌晨泪川投身处，谁置横栅于浅滩。

朦胧恍惚思故君，弃世永诀感亦深。

这是《习字》卷中浮舟的一首和歌。“当时，横川住着一位尊贵的僧都[1]。”这位横川高僧率弟子赴初濑参拜，归时绕道宇治，且在宇治川河边救起了浮舟。浮舟被救之后，不久便恢复元气。上述诗作，正是浮舟习字时所作。

同赴初濑参拜的僧人及另外一个僧人，是夜对下﨟法师说：

我们点燃火把，往人迹渺无的后面走。在恍若森林的大树下，我们看见一个“令人发怵的飘浮物”，白乎乎的一片。

“那是什么？”

我们停下来，挑亮灯火细看，果然有件飘浮体。

“莫非是狐狸精？真讨厌。像只狐狸精。”

……趋近一看，却见光亮的长发。一抱巨大的树根猛撞过来。吓得我等鬼哭狼嚎。

奇怪！难道真是什么狐狸精？我们唤来横川的高僧，请他确认，甚至将寺中的护卫也请出来。

“是鬼？神？狐狸？还是树怪？吾乃天下圣贤，休要隐

1　次于僧正的佛官。

瞒。告诉我，你姓甚名谁？”

岂料一拽衣服，彼竟抱头哭泣。

高僧又问道：“是树精吗？抑或是古时的无眼无鼻鬼？”

高僧请她脱去衣物，她却匍匐于地，放声痛哭。

高僧便说：“雨下大了，趴在此地，唯有等死。”说罢命人将其抱至垣下。

僧都接着说：“显然是人。佛本性善，不能坐视其死。便是池中游鱼，山中鸣鹿，为人捕杀，濒死无救，亦为极大悲哀。何况人乎？人生虽短，但一息尚存，一或二日亦须珍惜。见鬼见神或为人追杀谋害，皆仅横死一途。而佛海无边，救人以命。汝等可试予她水喝，不妨一试。但若未绝，即有望哉。”

浮舟获救，“卧身于人迹不至的隐蔽之所”。她的容貌“异常年轻，美丽，身着白色绫罗女装，外罩红裙，馨香魅客，妩媚动人”。僧都的妹妹阿尼，视浮舟为己出，甚至以为是自己已故的女儿回生转世，因而怜爱有加，关怀备至，犹若“梦幻中的所见之人”。甚至“亲手为其梳头”，感觉“目睹天仙下凡”，“比发现辉姬的竹取翁，更加令人惊异”。

然而如此回味《习字》之间，天已将明。读讲《宇治十帖》，恐需二至三年时间。于此唯有忍痛割爱。显而易见，我是借助紫式部的优美文体言及“辉姬”，亦即在《源氏物语》的“赛画”卷，有“物语源自祖上竹取翁”的说法。后世凡论《竹取物语》（10世纪初），总要引证此典。紫式部又曾在“赛画”一卷中写道，“描绘辉姬物语的画面，成为我平素的消遣”；又说，“辉姬不为俗世污秽所玷染，立誓永葆高洁”；“谁人知晓，辉姬攀至的云天，凡人不可企及”。此即“习字”卷所云，“比之发见辉姬的竹取翁，更有令人惊奇之感”。

> 今闻许久以前，有称竹取翁者。混迹野山，采伐山竹。知之甚多。且尚有异名，称赞岐造麻吕。竹林之中，曾有一竹闪光发亮。翁觉奇异，近前观之。竹筒之内亦闪光亮。仔细看时，内居一三寸见长的小人，异常美丽。翁言：“我朝夕见此山竹，怎不知你在竹中？你就做我的孩子吧。”遂置掌中，带回家去，交给老伴抚养。孩子生得美丽绝伦。但因过小，便置于筐中喂养。

以上是《竹取物语》的破题部分。我初次读及乃在中学时代，只觉得美不胜言。京都嵯峨一带的竹林竟比京都市区的更加接近于我的故乡。因为我见过山崎。向曰町附近培育幼笋的竹林，只觉得竹林之中的美妙“竹筒”亦会闪光，里面住着那辉姬。作为中学生的我全然不知，《竹取物语》基于当时或更加久远的传说。我以为整个故事都是“竹取”作者个人的美的发现、感知与创造，自己便亦立志于此。因为日本小说鼻祖的构思具有无法形容的美，令我产生了战栗般的喜悦。此外少年时代的我曾将“竹取故事”理解为一种神怪的处女崇拜或永远的女性赞美，对我而言，亦是心旌摇荡的憧憬。或许，此乃儿童心理的残余。但至今读起《源氏物语》，读到紫式部“辉姬不为俗世污秽所染，立誓永葆高洁”或“谁人知晓，辉姬高在云天，凡人不可企及”之类的描写，我仍旧加上自己的想象。而并非仅仅出于修辞的需要，或仅仅出自对于《竹取物语》创作时代的人的一种无限、悠久、纯洁的思慕，同时也表现了我的憧憬。在檀香山，我重新阅读了当今的国文学者的诸多评说。

将“三寸见长”的小辉姬置于筐中抚养，而且是竹篾编制的竹筐，这段描写同样在我少年时代的心中留下了美感。我不由得联想起《万叶集》（8世纪）卷头的第一首和歌：

美哉此提篮，盈盈持左手。
美哉此泥锄，轻轻持右手。
尔是谁家女，摘菜来高阜。
尔名又若何，尔能告我否。
大和好山川，向我齐俯首。
全国众臣民，听命随我走。
尔家与尔名，尔能告我否。[1]

以上乃雄略天皇的御歌，令人想象出土丘上面采摘野菜的少女手持竹筐的景象。自然而然由那位圣洁处女、飞向月宫的辉姬，我又联想到另外一首“万叶”和歌，亦即诸多男子向少女真间手儿奈求婚的故事。姑娘没有屈服，投井而死。诗作表现了诗人对葛饰[2]真间手儿奈的缅怀之情。

……闻知葛饰手儿奈坟冢在此。罗汉松枝繁叶茂，根深寿长。此刻，更觉得无法忘记姑娘的音容与芳名。

---

1 译诗选自湖南人民出版社《万叶集》。杨烈译，1984年版，第1页。

2 地名。

反歌二首

我逢人人传，
葛饰真间手儿奈，
芳冢奥津城。

葛饰有真间，海湾飘玉藻；
持钩割采时，追怀手儿奈。

山部赤人（8世纪）

鸡鸣关东国，古今佳话传；
葛饰有真间，倩女手儿奈；
麻衣叠青衿，素装披在肩；
秀发不须饰，无履裸足纤；
花容似满月，羞煞绫罗娘；
夏若扑灯蛾，且似港泊船；
人生有几何，转瞬踪影失；
浪涛湾中喧，何往心中知；
荒冢卧玉妹，遥遥已隔世；
思念拂不去，相伴恍如昨。

反歌

葛饰有真间，
井旁平台汲水时，

尤念手儿奈。

高桥虫麻吕（8世纪）

真间手儿奈，似乎是万叶人心目中一位理想的女性。此外，菟原也是这样一位少女。为了她，两个男人拼死相争，少女叹道："如此相争，水火不容，妹仅述与母亲，恭奉贱女倭文手镯。睹此二公殊死争斗，生不能逢，唯有黄泉相待。"叹毕自尽。在虫麻吕的长歌之中，亦曾述及菟原少女的传说。

……
哀叹妹已去，血沼壮士梦；
倘若续追杀，菟原壮士迟；
仰天哭悲号，伏地咬牙怒；
好男岂可负，佩剑同举摇。
……

后者赶来，二男亦死。

亲族聚与共，立碑永世传；
少女墓置中，壮士护左右；
后人立于此，必闻儿女情；
永远是新丧，陌者凄哭伤。

少年时代，我最先接触的日本散文古典，正是平安王朝的《源氏物语》和《枕草子》。然后，我读了年代更早的《古事记》

（712）和年代较晚的《平家物语》（13世纪初叶），以及井原西鹤（1642—1693）、近松门左卫门（1653—1724）等人的作品。而首先涉及的古典诗歌，则是平安朝的《古今集》和奈良时代的《万叶集》。与其说我是有选择地阅读了上述作品，莫如说是受到当时的社会时尚所引诱。的确，虽然《古今集》比《万叶集》语言浅显，但对于年轻人来说，《万叶集》却比《古今集》《新古今集》更加易懂，亦更为生动。

如今想来，下述说法不够准确，但很有趣：说到散文，便是女性的，仿佛看见了“婀娜多姿的姑娘”；论及诗歌，便是男性的，犹如遇上了“仪表堂堂的丈夫”。总之，涉猎最为优秀的作品，是有益无害的。从《万叶集》到《古今集》，这种推移之中包含了丰富的意蕴。而以下观点尤为不确：读完《万叶集》读《古今集》，我随之将联想到“绳文”以至“弥生”的历史嬗变。那是陶器、陶偶的时代。如果说，绳文的陶器、陶偶是男性化的，那么弥生的陶器、陶偶则是女性化的。当然，绳文时代源远流长，据说延续了五千年之久。

我为何突然在此论及绳文时代呢？因为我认为，第二次世界大战以后我们所发现、所感知的最大最新的日本美，正是绳文之美。陶器、陶偶几乎皆从深埋的地下发掘出来。尽管埋在地下，却是存在之美的发现。当然，战前人们已经认识到绳文之美，但这种美获得确认、广为人知，却是在战后实现的。此时，才重新发现了日本古代民族奇妙的、怪异的、强韧的生命力之美。

由《源氏物语》“习字”卷横生联想，似乎无法续而再论“源氏”。如前所示，横川僧都欲救浮舟时说道：

便是池中游鱼，山中鸣鹿，为人捕杀，濒死无救，亦为极大悲哀。何况人乎？人生虽短，但一息尚存，一或二日亦须珍惜。见鬼见神或为人追杀谋害，皆仅横死一途。而佛海无边，救人以命。……不妨一试。但若未绝，即有望哉。

对此，梅原猛（1925—2019）曾有如下解释："浮舟正是一个走投无路的人。鬼神附体，为人抛弃。为人谋害，没有生路。仅有横死一途……这种处于绝望境地的人，正是佛欲救助之人。此乃大乘佛教之核心，似乎也是紫式部所确信的观念。"如果说，横川僧都的原型是横川的惠心僧都，即《往生要集》之中的源信（942—1017），那么在"《宇治十帖》中，式部便是向当时最大的学者源信挑战"。"她敏锐地觉察到源信的说教与生活的矛盾，并对之发出了批判之矢。'佛所拯救的人'不是源信那样的高僧。式部呼唤道，佛所拯救的是浮舟这样有罪的、懵懂之中的女人。"

紫式部对浮舟充满怜爱，轻轻地将其置于清静的境界。读毕《源氏物语》，仍感觉余韵袅袅。至此，我并未真正地论及《源氏物语》的美，却徘徊在它的入口之外。无可否认，我亦曾受到许多美国日本文学学者的启发。例如，爱德华·赛登斯蒂克、德纳鲁得·金、阿依巴恩·莫里斯等。将《源氏物语》奉献于世界文学的翻译家则是阿瑟·韦利。十年前于英国笔会的晚宴上，他将我让到身旁坐下，用混杂参半的日语、英语，加上英文、日文的笔谈，我们竟可以互相沟通。我因此留下了深刻的印象。我说希望他来日本，韦利却答道，不去，去了之后，幻景即将破灭。

更加令我吃惊的是德纳鲁得·金。他说："我认为，外国人比日本人更能领略《源氏物语》的妙旨所在。"（《山麓清谈》，刊于1966年8月16日《信浓每日新闻》）他说："我读了《源氏物语》英译本后，感受至深，由此开始涉及日本文学。我觉得，外国人比日本人更能领略《源氏物语》的妙旨所在。原文深奥，难以理解。现代日语的译本虽然很多，例如谷崎（润一郎）先生的译本等等，但为了尽量保持原文的风格，亦尽量使用了许多当代日语中罕见的词语。而英译本却无此虞。所以，阅读英译本《源氏物语》，便直接感受到作品的冲力。我觉得，对于二十世纪的美国人，《源氏物语》比十九世纪的欧洲文学，更具心理上的亲近感。因为作品中人物的确新鲜而生动。……问及《源氏物语》和《金色夜叉》何者古老，我说《金色夜叉》古老得多。因为'源氏'的人物更加生动，所以永远新鲜，价值不变。虽然就生活与时代而言，作品与二十世纪的美国相距甚远，但却绝非难以理解。因此，有些纽约的女子大学，竟将《源氏物语》列入二十世纪文学讲座。"

德纳鲁得·金说"外国人更易领略"，泰戈尔则说"外国人比你们自身更易理解"，我感觉二者不谋而合，体验到了美的存在与发现带来的幸福。

（1969年5月16日在夏威夷大学菲洛分校的公开讲演）

魏大海 译

油黑乌发乱不知，伏疾梳泣恋人迟。

这首和歌乃和泉式部（生殁年不详，推测生年为976年或979年）所作。“伏”字或为哀伤、哭泣或痛苦之意，“疾”字则为短暂、马上或突然之意。这首和歌作于千年之前，而今读来，仍可直接地感受到栩栩如生的女性情感。此外，女性的官能感觉亦跃然纸上。我认为，这首诗歌的确富于感官性。

拔白不梳朝寝发，爱君臂枕触情洽。

这首和歌出自《万叶集》（8世纪）。对照和泉式部的和歌，同样都是女性的长发触及男人的手臂或肌肤。但现代人认为，后者令人感受到朴素的万叶少女那种可爱与纯真，而不像和泉式部的诗歌那样，给人以妖艳的官能感觉。

下面这首和歌，则是藤原定家（1162—1241）的作品：

黑发犹若青丝衣，梳理花容伏案泣。

和泉式部的研究家青木生子指出，定家作此诗时，一定读过和泉式部的“黑发”和歌。不过，和泉式部是从女性的视角吟咏；与之相反，定家的和歌则基于男性视角。关于定家的和歌，青木的理解如下：“这是一个妖艳而冰冷的感觉世界，苏醒者仿佛是一种黑发的冰凉感触。”这种感触，我却不曾吟读出来。我尚不知，此首和歌是否堪称好诗，似乎难以列入定家的佳作之中。当然，哪怕仅有一人认定此为好诗，我们都应该郑重对待。在艺术作品中常有这种现象，当初仅有一人发现或感知了作品的美，而不久之后，则变为万人的通论。

青木生子认为，与定家和歌不同的是，和泉式部的和歌保持着“亲身体验恋爱的感动”，我也持同样观点。和泉式部与《源氏物语》的作者紫式部、《枕草子》的作者清少纳言齐名，她们被誉为“王朝文学的三大才女”。她的成就以和歌为主。早期有《拾遗和歌集》（1005年前后），代表作是《后拾遗和歌集》（1086），此外尚有诸多敕撰和歌集，如《金叶和歌集》（1125）、《词花和歌集》（1151）、《千载和歌集》（1187年前后）和《新古今和歌集》（1205）等。作为女性诗人，她的和歌为数最多，共计二百四十七首。因此，她是古代王朝文学首屈一指的女歌人，已是无可动摇的定论。

所谓古代王朝时期，即一〇〇五年前后《拾遗和歌集》撰成至一二〇五年《新古今和歌集》奏奉天皇的整整二百年岁月，前后两个世纪。而十一世纪与二十世纪，时间的流转速度截然不同；我们的现代文学作品，二百年之后，将有何等际遇呢？在现代的文学作品中，有几部能传之后世，且体现出“亲身经历的感动”呢？我想，艺术作品未必永世不朽。例如，体现时事政治思想的应时之作，仅仅在彼时彼地发生效用。但即便如此，它也有其自身的意义所在。而所谓永世不朽的艺术，或许仅为一种假象，世上并无永生不灭之物。进而言之，万物不灭的根由，正在于不断的诞生。灭即不灭也。

我始终持有这种观念。虚，空，乃否定之肯定。总而言之，艺术必须具备永世不朽的灵魂。少年时代，我便对日本的古典文学有所涉足，虽说仅仅是走马观花，却在我年轻的头脑中留下了朦胧的印象，使我的心灵受到了淡淡的熏染，以至如今阅读文学作品时，仍感觉一千年或一千二百年以来的日本古典，不知不觉地飘溢于我的心中。《古今和歌集》《源氏物语》和《枕草子》等，是大约千年之前的古典；而《古事记》和《万叶集》等，则约莫是一千二百年以前的作品。无可置疑，我们拥有千余年前的优秀古典作品。此类文学作品，包括诗与散文，非但不逊色于现代，毋宁说更加卓越。在我们今日的文学创作或文学鉴赏中，它不仅亮为表率，而且是一种潜在的张力。即便当我们透彻地了解了日本的古典传统后，对其持否定或排斥的态度；或所知无多，对其抱有事不关己的态度，都无法否定它的重要作用。

由《拾遗和歌集》到《新古今和歌集》的二百年时间里，政治发生了巨大的变迁，即由公卿政治的平安时代演变为武家政治的镰仓时代。《拾遗和歌集》完成的年代似乎不甚明确，大概是一条天皇（980—1011）时代或藤原道长（966—1027）的“荣花”时代，即与《枕草子》《源氏物语》《紫式部日记》以及《和泉式部日记》等古典名作同期问世，正值王朝文化百花盛开的时代。此时，和泉式部与紫式部、赤染卫门、伊势大辅一样，入宫服侍一条天皇的皇后或藤原道长的女儿彰子，亦可说是成为一同生活的伴侣。在《紫式部日记》和赤染卫门的《荣花物语》中，皆曾写到和泉式部，她与伊势大辅曾经共吟出如下赠答和歌：

不思不思思更切。（和泉式部）

不念不念念尤深。（伊势大辅）

这是一首表现亲昵的语言游戏诗。同样，和泉式部与服侍一条天皇皇后定子的清少纳言亦曾合吟赠答诗。

在平安王朝的和文文学中，道长时代以前即有《竹取物语》《伊势物语》，纪贯之（872年前后—945）的《土佐日记》（935），藤原道纲之母的《蜻蛉日记》（954—973，后无记载），《宇津保物语》《落窪物语》等，和歌诗人则有在原业平（825—880）和小野小町等，歌集有《古今和歌集》（905）之类。不妨说，此乃道长时代的先导，由此引出了道长时代。虽说如此，仍可说道长时代达到了令人惊异的灿烂顶峰。同时，在日本文学史上，这是空前绝后的女性文学开花期。在此之后的镰仓、室町、江户时代，由女性自身推动的女性文学传统并未绝迹。我想，若要重振源于道长时代的女性文学的兴盛时代，将在我们所处的现代。

道长时代的女性文学出类拔萃有其必然的原因；现代出现许多女性文学家，亦有其必然的理由。例如，明治时代（1868—1912）的小说家樋口一叶（1872—1896）和诗人与谢野晶子（1878—1942）等，都是平安时代小野小町似的先驱者、开拓者。一叶红颜薄命，死时年仅二十四岁；晶子却是长命者，生儿育女十余人。晶子不辞劳苦，首先以文学性的现代语言翻译了《源氏物语》《荣花物语》《紫式部日记》《和泉式部日记》等古典名作；其后，她又在《源氏物语》及其他平安朝文学的研究、评论方面显示了远见卓识。晶子对和泉式部，颇有亲近之感，还写过和泉式部的传记。

在日本的古典文学中，晶子唯独尊崇平安王朝的文学，对奈良朝的《万叶集》和江户时代的元禄文学，似乎并不十分推崇。这其实也不奇怪。集大成于《源氏物语》的王朝美学成为以后日本美之源流。我在年轻时曾经说过，《源氏物语》灭了藤原氏，灭了平家，灭了北条氏和足利氏，也灭了德川氏。这种说法过于武断，却并非毫无根据。《源氏物语》中的宫廷生活已达极致，因而衰亡已是必然的趋势。“极致”一语，包藏着已有衰落征兆的含义。《源氏物语》产生于一种纯熟的文化状态中，即这种文化已经上升到了顶峰，因而出现颓废倾向，开始下降；或者说，处于一种危险的状态之中，看似仍在上升，实际已在下降。纵观古今东西，几乎所有最高的艺术名作皆出现于此等危难时代。此乃艺术的宿命，也是文化的宿命。

“娑罗双树花色，显盛者必衰之理。荣华富贵，过眼烟云。犹若春夜一梦。勇者终有一死，恰似风中浮尘。”这是《平家物语》（完成于13世纪初叶）的开篇，并不仅仅表现佛教的无常观，也不仅仅是日本式的虚幻。而是说，一种文化，一种文化之中的艺术，其繁荣的时限超不过一二百年，盛极必衰。紫式部、清少纳言及和泉式部的道长时代，井原西鹤、松尾芭蕉和近松门左卫门的元禄时代，维续的时间皆不长。文化的成熟达到极致，必然走向颓废，而倾向颓废，趋于衰落，艺术也将随之衰弱，丧失生命力。

当今日本，正值明治百年，亦即战败之后第二十五个年头，有人称此为“昭和元禄”。无疑，此种说法的根据全在于经济的发展与繁荣。人们的确看见了丰富多彩的文化盛况。然而，当我亲临其间时，却很难判定当今日本是否正值艺术文化的兴隆期或成熟期。或许，现今正值颓废期？一位在世的大画家曾对我说，他希望自己过世十年之后再行葬礼。也就是说，过世十年之后，自己的画作价值或许已有定论，况且十年之后仍来参加葬礼者，才是真正的热爱者、崇奉者。这一说法，在我心中留下深刻印象。仅仅过世十年，作品便显现真实生命力的艺术家，其实也并不多见。看似艺术家个人的事情，其实并非如此。也就是说，艺术家出生的国家和艺术家生活的时代，构成了艺术家无法摆脱的命运。

倘若没有十一世纪初日本的道长时代，便不会出现紫式部；倘若没有十七世纪后半叶日本的元禄时代，便不会出现松尾芭蕉。这是我始终思考的问题。在紫式部之前或紫式部之后，日本难道没有文学素质或才能超过紫式部的人？然而，由于他们未曾出生在紫式部时代，便也无法写出堪与《源氏物语》相媲美的小说。此外，似亦不能得此结论，说紫式部时代的宫廷男性就肯定不如宫中女性。只不过当时的男性不屑于用和文即日语式的散文写作而已。纪贯之在《土佐日记》的开篇曾经写下一段奇怪的话，“女人也想写男人的日记”。由此可见，当时的男性惯以汉文撰写日记。于是，贯之才假托为女性笔者，尝试以假名和文撰写日记。当时又称作大歌人的时代。相对于唐式汉诗、汉文，兴起了日本风格的和歌、和文。据说另外一个动因则是，贯之痛失爱女，只想更加直接地表现自己万分哀伤的情感。然而，《土佐日记》之所以被视为优秀的文学，乃因以和文、日语创作之故。

在《古今和歌集》中，有真名序和假名序，亦即有两篇序文，一篇是汉文的，一篇是和文的。假名序文乃纪贯之所作。名为和歌集，却以汉、和两种文字作序。且和文之序以汉文之序为基础，然而日式表述却比汉式序文更加畅达。据说因此提高了日式传统的地位，对后世亦产生了很大影响。因而人们认为，这部敕撰和歌集是不久之后和文兴盛的先兆。此书为证，今天我们一目了然，平安王朝的男人并不逊色于宫廷文学的女性，甚或可以说他们是伟大的，是他们创造出了杰出的女性。平安王朝时代的男性笔迹，许多也留传至今。

例如，静坐茶室时倍加尊崇的古诗片段。又如，嵯峨天皇、桔逸势和空海弘法大师被称作“三笔”，小野道风、藤原佐理、藤原行成被誉为“三迹”，他们都是平安王朝的大书法家。在日本，古往今来，无人能够超越他们。然而，与平安王朝初期的“三笔”不同，接近王朝文学盛期的“三迹”书法，却有明显的和风，即日本风格。纪贯之、藤原公任等亦为书法家。不妨说，其笔迹所承袭的连体型假名书法，表现了日本之美的极致。此类书法家数不胜数。平安王朝时，发明了便于传达日语语音的假名；或者说，假名的确定促使了和文文学的兴盛与假名书法的兴盛。但是，文学领域出现了诸多优秀的女性作品，书法领域却未曾见过留传后世的女性作品。虽说紫式部亦有和歌的墨迹片段留传下来，但却令人生疑。或许那是为了证明平安王朝的女性并非没有书法，至少还有紫式部的书法笔迹在。

当然，平安王朝以至奈良朝肇始于中国文化的传入或对唐朝文化的模仿。众所周知，明治百年之后的现代日本文化得益于西方文化的影响。同样，平安王朝的文化则受惠于中国的唐朝文化。然而在此我欲深刻思考或表述的，却是平安王朝的文化借鉴、模仿中国文化的方式。我的中国文化知识实在微乎其微，只好仰赖学者、研究家的见解。然而，就我的直感而言，我的确怀疑平安王朝是否真正移植、模仿了中国庄严、伟大的文化。我觉得，这种汲取从一开始便是日本式的，即根据日本人的喜好学习，然后迅速地日本化。观赏平安王朝的美术作品，前述特征尤为明显，建筑、雕刻、工艺、绘画统统如此。又如书法，前述“三笔”的书法，尽管不及中国的大书法家，但的确已经透现出日本式的美。连体假名书法盛行之后，便真正成为古今东西独一无二的日本美。

平安王朝的假名书法优雅秀丽，婀娜纤细，但亦不可忽视，在其流水一般的文字脉络中包含着高洁的品位与强劲的力度。然而我想，随着时代的推移，这种书法或将变形、扭曲，或降低品位，拘于模式，失去力度。平安王朝以后，亦曾有过颇具禅僧精神的书法。然而千余年间，终于没有再现平安王朝那样的日本书法之美。我在阅读平安王朝的文学时，时时亦会念及于此。同时念及日本女性的发式。日本女性的头发黑密而绵长。但日本女性蓄发长度至极的期间，似乎正是平安王朝的宫廷时代。

论及平安王朝时代对于中国文化的吸收与模仿，便自然联想到明治百年之后对西方文化的引进与模仿。或者恰恰相反，当我们关注现代对于西方文化的接受时，便不由得回顾起古时对于中国文化的吸收。时代不同，便会有明显的差异。也许二者是不可比拟的，但总有一些方面可以参照。明治百年的日本是否从真正的意义上引进、模仿了西方庄严而伟大的文化？尤其是它的精神方面。我认为这也是个很大的疑问。应当说，同样一开始即保持了日本式的借鉴方式，根据日本人的喜好，有选择地学习。在此我欲强调的是，无论借鉴还是学习，实际上皆未在真正的意义上实现。如果认为明治百年后的今天，我们已经消化了西方的精神文化，那真是浮浅的庸俗之见。

如果说，我们是将西方文化的一部分实现了日本化，这倒符合实际情况。例如，有位依然健在的老油画家，他的画作与其说是西方的油画，毋宁说更具日本的文人画风。论及西方自然主义文学的影响，我们可以列举出日本作家田山花袋、岛崎藤村和德田秋声等人的作品。日本是一个翻译的国度，西方新兴的文学一经出现，马上便会被绍介到日本。因而给人一种错觉，仿佛时下活跃的文学家与西方文学保持了同步，然而在外国人眼中，却仍旧是日本的文学。且随着时间的稍有推移，那些仿佛具有西洋特征的日本文学更显现出十足的日本特征。如今，当我们回顾明治、大正或战前的文学时，这种感触尤为明显。难道此即日本人的命运？在世界上的其他国家。见不到这样的民族命运。这种命运与日本的创造具有何等关联是我们必须探明的重要问题。

大约千年以前，日本民族以独自的方式接受了中国唐朝的文化，因而产生了平安王朝的美。而在明治百年之后，接受了西方文化的日本人，能否创造出平安王朝时代那样的美呢？即便不及平安王朝时代，那么说到底，能否在世界上创造出独特的文化来呢？犹如镰仓时代的文化、室町时代的文化或江户时代的文化，在过去的所有时代中，皆构筑起日本独特的文化。因此我希望，在民族力量绝不衰弱的今天，亦能为世界文化增添日本的新的创造。或许已经有所创造，只是自己混迹于相同的时代之中，难以确认。或将寄望于日后？因为文化的隆盛，往往略略迟于经济、生产的隆盛。

明治时代显然是蒸蒸日上的时代，而明治百年之后的现代仍能维持这种勃兴吗？或是已经接近了成熟的状态？置身于当代之中，难以做出判定。但我感觉尚未成熟。我感觉，日本尚未充分地吸收西方文化，亦未充分地完成日本式的消化。在平安王朝时代，公元八九四年废止了遣唐使。而其后的百年之后，才迎来所谓的道长时代。江户时期，一六三九年实行锁国政策，五十余年后迎来了元禄时代。的确，只有在断绝外国交通时，才纯化出了最具日本风味的文化。但原因不仅在此。道长时代及元禄时代皆为纯熟的时代，而今却做梦也不会想到锁国。反之，我们更须加强与海外各国之间频繁的文化交流，在世界文化的万国博览会中确立我们本国的文化。因而，创造世界文化与创造民族文化趋于同一，创造民族文化亦等同于世界文化的创造。

我们似乎已走过了文化的交通地狱，今昔相比，我时时陷于迷惘之中。例如，十一世纪初的紫式部、清少纳言、和泉式部和十七世纪后半叶的松尾芭蕉，所效法、尊崇的古典是共通的，且为数不多。不仅对于日本的古典，中国的古典亦如此。相同者，尚有十三世纪的藤原定家、十五世纪的世阿弥和宗祇。回顾平安以至江户的古典世界，流通、呼应、交织者皆为相同的古典。此乃日本文学的传统血脉，而明治时代西方文学传入后，却发生了巨大的变革。似乎那种血脉被切断了，贯通以其他的血脉。但随着年龄的增长，我感觉古典的传统血脉依然畅而无阻。

（1969年9月）

魏大海 译

水晶佛珠

水晶佛珠。紫藤花。梅花和瑞雪。美貌童儿食草莓。

小的时候，每每令我彩纸习字，便借用《枕草子》中此句描述。“瑞雪”一语，在如今的校订本中有作“降雪”者，而“食草莓”则是“草莓等等”。在我少年时代的记忆中，既没有“降”也没有“等等”。我觉得没有更好。比较而言，“瑞雪”比“正在降雪”的感觉更好。同样，“草莓等等”的“等等”，不可理解为草莓以及其他果物，而应解读为草莓或杨梅。你想，一个非常可爱的儿童或婴儿，正在吮食鲜红鲜红的草莓，那是一种多么新鲜的美感！所以“食草莓”要比“草莓等等”给人的印象更加鲜明。总而言之，不论“降雪”中的“降”字或“草莓等等”是否《枕草子》作者本人的手笔，抑或是日后《枕草子》抄写者添加的词语，我皆认定，还是删去“降”字、“等等”之类为好。

然而，清少纳言（生殁年不详，据推测为公元996年生人，最终生存资料截至1017年）生活于公元十世纪、十一世纪的平安时代，那时没有石砌的墙垣，当然也没有我们如今食用的草莓，而是野山之中的草莓或杨梅。如今，当我看见孙辈的乳儿吮食草莓时，便常常念及“美貌童儿食草莓”一句；但我同时感觉到，这里的草莓与《枕草子》中的“草莓”是不同的。如今的草莓个头儿大，色调红艳，是一种人工水果，但日本古时的草莓不是这个样子的。今读及《枕草子》中的“草莓”，尽管今人眼前浮现的首先是今日的草莓，某种美感，却息息相通于九百五十余年前的“美貌童儿食草莓”，即令人疼爱的婴儿，将鲜红的草莓放在柔嫩的小口之中吮食。九百五十余年前的《枕草子》至今仍给人以鲜明印象，传达出日本民族清新微妙的感觉。然而，近千年以前的古人与我们之间，在对于《枕草子》的感受方式上却必然存在着很大差异。我们不可能像《枕草子》时代的古人那样理解《枕草子》，但这并不是说我们读不懂《枕草子》和《源氏物语》。借助翻译，连西方人都能读懂。即便没有古典文学与历史知识，直接阅读《枕草子》也未必难以读懂。《枕草子》及比它更早的《竹取物语》《伊势物语》等，在近千年前的古典名作中，皆属易于读解的类型。说来论去，皆为日语。如果过分依赖注释或考证，反会失却古典名作的生命力。毋庸置疑，习知古典与历史可以丰富人生，充实生命，使生命、人生更为广阔而深远。

我于彩纸之上写下的“水晶佛珠……”等，引自《枕草子》物附[1]中的“雅美”一节：

> 素色雅美白汗衫。雁之子。刨冰蔓汁，琉金新碗。水晶佛珠。紫藤花……

如上所示，我将“水晶佛珠”之前的文字任意删除了。文中的第一个词汇乃素淡雅美之意。所谓“素色白汗衫”，显然形容衣裳

1　俳句的一种类型。

的色调。但那种色调却是现代人难以想象的，故删之为好。“雁之子”，乃指称家鸭之卵。将鸭卵置于白汗衫与刨冰之间，便巧妙地与后文的水晶佛珠形成呼应。“刨冰蔓汁，琉金新碗。”在此，“刨冰”自然指称冰碴或冰霜。但当时没有刨冰工具，想必是以小刀削之。“蔓汁”一语，指甜味调料，即将特殊蔓草的藤、叶煮制成汁。金碗即琉金之碗，是将冰碴置于琉金新碗中，再加入甜汁。刨冰，鸭卵，我们已司空见惯，但“雁之子”“甜蔓汁”和“琉金碗”之类，却是如今已被淡忘的词汇。因此在彩纸上书写“刨冰蔓汁，琉金新碗”时，吟咏之间，稍有延宕之感。不像后句“水晶佛珠、紫藤花”之类，发音清脆，印象鲜明，且有一种紧张感。这便是我略去“水晶佛珠”前句的原因。

然而，虽说选用了“水晶佛珠”，却并未经过深思熟虑。清少纳言的平安时代，对于佛珠的印象，与现今差之甚远。就是在我等明治一代和昭和战后一代的年轻人之间，亦存在很大的差异。当今的大部分年轻人，也许对佛珠一无所知。尽管千年之前的佛珠与现今的佛珠形状相似，但现今的佛珠却丧失了千年之前的佛珠之魂。表面上看，清少纳言也是通过形状色调的感觉，吟咏“水晶佛珠”；但只要言及佛珠，这一词语的中心或周围便开始自然而然地寄寓或飘荡着当时的佛教精神或佛珠之魂。因此，《枕草子》中“美貌童儿食草莓”中的草莓，亦与今日种类不同；比较而言，“水晶佛珠”却具有更加悬殊的感觉差异。就是说，《枕草子》中“水晶佛珠”的语感，并不能像当时一样完整无缺地传达给我们，此乃古典名作的命运。另外，我们往往依据自己的时代精神去鉴赏以往的古典名作，因而添加了诸多古典时代所无法想象的意蕴或内容。外国文学也是如此。例如，当时的日本人决然不会想到，日本的浮世绘版画竟然会对西洋的杰出画家产生影响。

言归正传。《枕草子》“雅美”一节之后，接续着“铃虫”一节，这里亦有有趣之处：

> 铃虫。茅蜩。蝴蝶。松虫。蟋蟀。螽斯。蛣虫。螃虫。萤虫。

由注释获知，过去的铃虫乃今日的松虫，过去的松虫乃今日的铃虫。鸣叫的声音，一个是叮呤叮呤，一个是呖呤呖呤。就是说，《枕草子》时代的铃虫、松虫名称，意义与今日恰恰相反。此外，《枕草子》时代的蟋蟀、螽斯称谓，皆与今日不同。进而言之，蛣虫是一种栖身于海藻的节科小虫，在《古今和歌集》里人所皆知的和歌中，亦有吟及：

> 海女刈藻忙，小小蛣虫徒悲伤，恨世更愚妄。

螃虫属蜉蝣生物，是一种朝生夕死的小虫。

此节物附罗列了一些昆虫的名称，首先是铃虫，最后是萤虫。关于这些昆虫，作者在头注中做了简要的说明：

> 结草虫，最令人怜爱。
> 叩头虫，亦令人怜爱。
> 但若将其置于人见人厌的苍蝇之中，则尤其令人厌恶。

最后又写道：

夏虫最为奇异。当我凑近灯火阅读物语时，它便飞行于我的书本之上。非常有趣。蚂蚁最最令人厌恶，但亦非常奇异，只见它轻盈地徜徉于水面之上。

这可真是清少纳言特有的机敏。蚂蚁竟以轻盈的身姿，漫步于水面之上。且不论实际之中，蚂蚁能否在水上自由自在地行走；只见文章里面，闪现出清少纳言的感觉与机智。

无可置疑，《枕草子》时代的铃虫、松虫名称，与今日恰恰相反；蟋蟀、螽斯的名称，与今也有很大差异。足见语言的变迁令人惊诧。这种变化不仅发生在名词之中，形容词、动词以及其他词类同样如此。有人认为，语言的嬗变是必然的，它伴随时世的演变而变化；亦有人认为，语言的变化是偶然的，是所谓突然的变异。例如，对于我们当今看似突然出现的奇妙的流行用语，亦存在种种不同的观点。有人主张突然跃出，有人则强调产生的必然条件。此外，考察一些词语从古至今的演变过程，也是了解历史、传统以及文学源流的一个途径。有些词语表面上意义未变，实际却一直在变。变化的是词语意义的内涵。倘若没有共同的词语含义，语言就无法成为交流的工具。但严格地说，实际上同一词语的意义也是因人而异，无一相同。进而言之，即便对于同一个人，同一词语亦因时间条件的不同或随着时间的延续，其意义抑或构成意义的要素，也会发生微妙的、有时甚至是巨大的变化。在此，包孕着文学的艰难与情趣。

例如，“水晶佛珠”在写作的当时，映现于清少纳言头脑中的是何种形态的水晶佛珠呢？它是何等大小的水晶佛珠？我想，一定不是普通人使用的那种佛珠。其实，我也是打去年秋后才开始思索《枕草子》中“水晶佛珠”的形态、大小等。

在此之前，我也只知曾有“水晶佛珠”之谓，并不曾思考佛珠的形状与大小。在阅读“水晶佛珠。紫藤花”一句时，我的头脑之中并没有浮现出明晰的佛珠形象。或许，自然而然浮现出来的是自家祖上留传、我等仍在使用的佛珠。然而从去年秋天，我的脑中开始浮现极其巨大的佛珠。因为我亲眼看见了巨大的水晶佛珠。去年秋天，在京都一位古旧画商处，我看见了许多珍品，其中便有巨大的水晶佛珠。我被那佛珠迷住了，惊诧不已。如果仅仅是体积巨大便不足为奇，没准在哪儿也曾见过大的佛珠。然而据说，这串佛珠乃镰仓时代的遗物，虽然同样是圆圆的水晶玉石，却具有古时的形态力度，古色古香，晶莹剔透，仿佛包藏了奇异的威棱。一颗玉石的直径便有一厘米；玉珠的颗数记不得了，谅有百颗上下；绰绰有余地挂于胸前，几乎搭在肚皮之上。在那个时代，想必亦非凡人之物，而是特殊人物的特殊物品。见过那串佛珠后，我便想稍稍了解有关佛珠的知识，但却至今未及细究。

总之，那串佛珠令人感受到神秘的威严。水晶的色调是暗淡的，略呈琥珀色，且带有深色的底光。我用手掌遮住店内的灯光，仔细端详；又将佛珠捧至店前的路上，遮住太阳光，目不转睛地研究。光点似乎栖于一粒一粒水晶的内部，发出闪闪的光芒。我不由得想起，曾经见过檀香山的加哈拉·希尔顿饭店的玻璃杯洁净地映现出夏威夷朝阳的明媚光辉。当然，那种光辉不同于几百年前的水晶佛珠，佛珠映现出了京都的晚秋艳阳。对我而言，二者皆为邂逅。无论是檀香山的玻璃杯映现出来的阳光之美，还是京都的古老水晶佛珠之美，作为一种人世间的惠遇，是完全相同的。我非常喜欢那串佛珠，却终究未敢奢求。或许是因为几百年前的佛珠所有者，已将其高深的信仰嵌入了佛珠之中。我将自己面对佛珠的感动，述与另外一位古旧画商。不料翌日，他竟来到宾馆接我，说另有一串不同时代——古平安时代的水晶佛珠，亦要请我观赏。这串佛珠的玉石，似乎与日前见过的一般大小，但形状却不同。它像算盘珠一样，是扁平状的。棱部圆浑，颇似中国的算盘珠子。

我有眼福，观赏了两种佛珠。此后，只要说起佛珠，它们便在我的头脑中显现出来。毋宁说，这种印象过于强烈，甚至妨碍我对《枕草子》中“水晶佛珠。紫藤花。梅花……”之类诗句的鉴赏。但话说回来，我认定清少纳言一定时常看见这种大佛珠。她已经司空见惯。因为在王朝时代，僧侣们诵经、驱邪之时，想必就使用这般大小的水晶佛珠。由于仅仅查阅了手头的几本法具、佛具书，我对佛珠尚知之甚微。但镰仓时代和平安时代的两串佛珠，在我心中留下了深刻的印象。

邂逅两串佛珠约莫半年之后，我又在京都拜访了那位古旧画商。当发现记挂于心的镰仓佛珠仍在店中时，我欣喜不已。然而令我更加惊奇的是，记忆之中的初识印象与再逢之时的直接印象竟然大相径庭。初识之时，我首先感觉到奇异的威棱；而再逢之际，我首先体验的却是一种风雅的眷恋之感。也许，在初识与再见的半年之中，佛珠与我已结下了不解之缘。当然，神秘的威严依然故我。但重逢之时，却不同于当时的感觉，即神秘的威严曾经令我放弃了占有佛珠的念头；此时，却增添了某种亲爱之感。佛珠与我，已经结下了邂逅之缘。而我再度与之会见，还是想占有这串镰仓时代的水晶大佛珠。我想，它可悬于我房中的墙壁之上，亦可充当书桌的文镇。我已不再把它当作《枕草子》之中的“水晶佛珠”，而欲直接地面对佛珠。在我的记忆之中，水晶玉石的大小是直径一厘米；现在看来，似乎并不那样大。而将镰仓时代的大佛珠用作文镇，或将给人以狂傲之感。所以，我桌上的文镇，是平安时代的名品三钴杵。

（1970年5—7月）

魏大海 译

东山魁夷

美丽的地图

我时常想起一位风景画家朋友的话，即置身彼地，时有神灵相助。所谓彼地，乃画家发见、意欲描画，或已经面对、正在描绘的自然。所谓神灵，则是画家自身的感应或灵验。自然与画家的邂逅，二者生命力的交融，时如神圣之礼典。这种礼典，仅靠自然与画家的合一是无法实现的。一切艺术皆应如此，但现实却仅仅限于有时。论及自然彼地，当然包括季节与时刻，也包括画家的心身情态。严格地说，一处自然或一位画家的精神、肉体，无时无刻不在发生微妙的变化。所以“彼地神灵”相助之类，自然与画家的美妙而幸运的邂逅，亦可称作一期一会。

我何以论此人所共知的问题？因为我觉得，东山魁夷的北欧之旅正是前述人与自然的邂逅。东山先生即便不去北欧旅行与绘画，北欧的自然依然故我，东山的日本画地位亦无可动摇。这也是人所共知的事实。二者皆为庄严的存在。可东山毕竟实现了北欧之旅，且于画中描绘了北欧。于是二者的邂逅、结缘，便产生了东山先生北欧绘画（包括纪行文）这样的艺术作品。当然，这一作品出自北欧，同时出自东山；出自东山，同时亦出自北欧。所谓同时，亦即有另一美神的存在。将美展现于世者，是美的发现者、创造者。所以，附以神灵者乃东山先生。北欧自然风物的存在是东山的幸运与喜悦，而东山的存在不也是北欧自然的幸运与喜悦吗？其实，东山的北欧巡礼更是我等的幸运与喜悦。他给我们带来了丰厚的礼品，亦即在《东山魁夷北欧画集·森林与湖泊之国》中，有风景画，有题为“白夜之旅”的纪行文与写生，尚有题为“古镇”的版画、画稿与文章，总之令人叹为观止，内容之丰富、之博大，令人难以置信。

前曾论及彼时彼地的神灵相助，这有两种情况：一是富有天分者突发偶然地受惠；另一则是等待时机的必然受惠。内心热烈而忧郁、表面澄静而严谨的东山，则多属必然一类。在东山的北欧之旅中，包含着由来已久的憧憬和心灵的准备。北欧邂逅乃夙愿，是东山自己安排了这次馨香的命运。然而，这种偶然与必然本不可分。对东山而言，北欧的自然风物呼之欲出，十分亲近，因而并不需要东山的特意准备与期望。身处异乡，东山却有故乡之感。作品素材化为艺术作品，必须进入作家的心灵故乡。在东山的北欧画作中，即有恰当的例证。故乡是巡礼的出发地，又是漫游的归结点。或者说，故乡存在于艺术家生命旅程的一切时间与地点。然而，虽说故乡无时不在，无处不在，却又无影无形，难以相会。东山对于北欧的热爱、愉悦与讴歌，使我们不由得感到，北欧仿佛也是我等之美丽的故乡。

我认为，在东山先生的北欧赞礼中，尤为乐观地显现出热爱、喜悦、讴歌者，正是《古镇》之中的版画、写生与文字。不妨说，这份厚礼是奉献给亲爱的家人的。他首先推出的力作是公开发表的旅行收获。尔后，东山细细地品味旅行之中的回忆，追寻北欧巡礼中的感动，归结其中的惋惜，经心经意地创作了这部版画集。关于东山先生的诸多北欧大作以及前述版画集，我并未发表什么像样的感想或解说。因为我想，面对东山先生北欧巡礼这般生动无比的作品，尤其不可赘语相加。幸福者，在于首先谦恭地面对它。而且，东山本人的文章已经说出了一切。

（1964年10月）

评东山魁夷的《风景对话》

此书甚美。爽快而明晰。开卷读来，自然的启示，人类的净福，像清溪一般流入心中。“对话”乃东山魁夷风景画家的半生回忆，也是精神漫游或作品自解，字里行间显现出追求美的精神，试图探明美的本源。就是说，作品明静、温和而严谨地实现了作者的预期——通过个体涵盖整体。散文诗一样的文章，颇具音乐性。

东山凭借自己的体验与修养，生活于东西（东洋、日本与西洋）北南（北欧、南欧或日本的北方、南方）。他对文学、音乐不仅理解独到，爱之弥深，其广其博，亦是《风景对话》丰富、确切的基础。作品陈述了东山作为日本画家或风景画家的命运的觉醒，亦成为传达日本美之知觉的一盏明灯。此外，书中以亲切的语调向我们高呼，风景画家东山的本质是，旅途即人生，亦为艺术，流转无常是人类的命运，孤独忧愁潜存心中，却贯串着肯定万物的意志，自然之中常有新鲜的感动，生活之中须有虔诚的爱情。这是一部杰出而美妙的著述。

（1967年5月）

古都风貌——环山的呼唤

晚秋青莲院，巨樟芽叶日照繁。

我对和歌一知半解。不知是“晚秋”好呢，还是“晚秋的”好？我也不知，是“阳光普照嫩叶色”好，还是“普照一片嫩叶色”好。或许“一派嫩色叶漏日”更富趣旨，拗口得几乎咬了舌头。总之，这是我今日立身于青莲院门前大樟树下，漫步四周，仰望大树，尔后获得的印象。说是“晚秋”，居然“嫩叶”绿，枝丫低垂；且广延无羁的细枝上，碎叶茂密。临近冬至的正午，阳光普照，光线漏过枝叶泻于地面。我在诗中写到苍然老树生机勃勃的青春生命，但我对于和歌并不深知，因而未能表现苍劲古树枝干的庄严，以及错综迷乱匍露地面的妖茎。说是“晚秋”，其实已届“初冬”季节。在京都红叶纯熟之际，竟有常青为之呼应。所以用了“晚秋”一词。它所表现的，只是今日的我面对并不陌生的大樟树，突然发现了叶色的生机，从而产生了感动。且这樟叶的绿色，正是东山魁夷画中的色调。

东山先生的《京洛[1]四季》画集中，便有“经年老树”一作，描绘的正是此类巨樟。我曾专程前往去观赏东山先生的樟树绘画。昨天，为议定明春东舞大会的台本，我又去拜访西川鲤三郎先生。因而在名古屋住了一宿。今天，我在名古屋告别了妻子，又独自返回京都。因为《京洛四季》画集约我写篇文章，我想还是人在京洛为好，想必能够领略东山画中的实景，亦即前述樟树。来去名古

1 京都。

屋，皆走名神高速公路。去时途中，适逢炎炎夕日西斜。于是吟出如下俳句：

晚秋夕日中，伊吹山巅火云烘。

我对俳句仍旧一知半解，因而不知是“晚秋夕日”好，还是“晚秋天红”好，亦不知“夕日之中”“耸立其间”或“正中一耸”三者孰优孰劣。反正在高速公路的正前方，在巨大的火烧云中央，巍巍伊吹山孑然屹立，它的庄严与魁伟，毋宁说恰巧吻合于生硬的描述。

青莲院门之前的巨樟同样给人庄严、魁伟之感。同时，亦给人以优雅、妖艳之感。我在美洲大陆和欧洲大陆也曾见过苍老巨树，但留意看时，发觉那些巨树虽然高大无比，却没有日本古树的艳美纤丽或高雅神韵，也没有一种亲近感或细腻感。那里似与日本不同，并无热爱名树、名石之美的传统。青莲院的巨樟与我这个日本人的心灵息息相通。去年我去参加三国町高见顺诗碑的揭幕式，归来途经金泽，瞻仰了所谓三名松。我感动不已。想不到世上竟有此等之美。几百年来，日本人就这样创造、传袭着一树美名。日本人拥有此等心性，实在是值得庆幸。东山先生的《经年老树·青莲院巨樟》，在《京洛四季》的诸多绘画中，似乎也是最为生动的。语言有限，而东山先生的画作，必将使我的巨树礼赞富于血肉。

若干年前，东山先生曾有另一力作《树根》。这幅画作，我仅由画集之中看到过，但却立即镌入心中。青莲樟树的树根，是横向匐蔓；而《树根》之中的树根，却是向上缠延。我觉得，二者皆具鬼使神差的力量，体现了扎根大地、支撑天空的力量的妖异之美，同时也是自然和人类绵远永恒的生命象征。当然，奇异的表现形式中包含着东山先生的发现。东山在以前北欧之旅的一系列巡礼画展中，亦有描绘大树的巨幅画作。很早以前，我便在古老的大树之中发现了生命的深远；也曾离开京都，各地寻访。因而东山的大树或树根绘画中亦包含着我的情感。瞻仰已有数百年或一两千年历史的巨树，坐在巨树的树根之上，自然不会不想到人类生命的短暂。然而巨树淌入我心中的却不仅仅是虚幻的哀伤，毋宁说更有顽强的精神不衰或与大地母亲亲密交融的深切感触。为此，我才由晚秋的巨樟树上发现了嫩叶的颜色，不妨谓之为“老树一花开”。不，是“老树万花开”。然而在我眼中，阳光之下，泻漏光线的巨樟树叶竟比幼小樟树的叶片更加碎小，这或许是因为巨樟的年龄。

或许，晚秋巨樟那嫩叶一般富于生机的绿色，其实是京都树木特有的绿色。京都的树叶、竹叶，皆与东京一带的绿色不同。而于今秋，我眼中的差异尤为显著。原因在于，我答应为东山的《京洛四季》撰文。

秋末阵雨频，光悦垣边红叶增。

在今年的光悦会正席之上，我看见觉斋发句铭的茶勺上有“晚秋”二字，于是记在心中。光悦会时的京都，想必秋色正浓，令人感叹，便以此词吟出一首戏作。然而那天，就连北山地方亦风和日丽，全然没有阵雨。所以，此句的阵雨，只是凭空想象的。我久久跪坐于光悦垣旁的床几前。一面烤火，一面与友人、茶客或茶具老板闲聊，尔后吃了中午的盒饭。光悦垣前是芦苇，后则为红叶，与东山画中的一样。我望着眼前的实景，想象中仿佛在注视东山的绘画《秋寂·光悦寺》。墙垣对面往里去，则是一片竹林。我对妻子小声道，与东山先生画中的竹色一模一样。出了光悦寺，我们走访了大河内山庄（传次郎氏故居）。当我们走进野野宫横贯的小道，发现这儿留存着嵯峨式的竹林，显现出东山画中竹林的色调。离开西山，我们又去东面的诗仙堂。山茶花的盛季将过，空中却是美丽的晚霞与夕日。

东临诗仙堂，西山夕日山茶花。

我仍旧搞不清楚，“西山夕日”或“面向夕日”何者为佳。什么满树花白，什么古木参天，皆无法纳入伪劣俳人的句中。《京洛四季》中有东山的竹林，“入夏”写作“山崎边”。山崎乃向日町一带的竹林，为了建造居宅，它被挖了填，填了挖，反复开垦。今秋，我在京都听人说，如今已没有京都风味的竹笋产地了。去年，尚听到大河内山庄的传次郎夫人说起，岚山的松树枯死了几千棵，谁都不管。真是每来一次，我皆“看都满眼泪”。

若干年前，我就反复对东山说，如今再不画京都，京都就消失了，赶快多画几幅，趁着京都还在。我的这种愿望，起到些许促进作用，东山先生终于推出了《京洛四季》这样集大成的系列之作。此乃我的幸运与快乐，无法述之以语言。而初次劝说东山，是因为发生了这样一件事：一天，我在京都的街上漫步，不由得自言自语，山哪儿去了？怎么看不见山？为此，我感觉很悲哀。丑陋的廉价洋楼一幢一幢地建起，而市区的街上已望不见山峦。我不由得哀叹，这哪儿是我心中的京都呀！山都望不见。时至今日，我在这望不见山的京都业已住惯。然而至今我仍在祈愿，希望暂且维持古都的风貌。《京洛四季》的东山先生在许多绘画中留下了古都的风貌。《京洛四季》的诞生寄托着我的夙愿，而为了东山先生平素厚谊，我遵命寄此拙文。画集之中，的确有许多景色是我所熟悉的，如多次走访的高桐院等。而《北山初雪》和《周山街道》两幅与我更有缘分。东山绘画中的北山杉林，在我眼中充满亲切感。此外，近来我对撰写此文时居住的京都饭店日式客房，以及滨作的日式餐厅，亦有亲近之感。因为这里的窗户朝向东山、比睿山。赖山阳有诗句曰："东山如热友，数不见相厌。"

热友终不分，东山浮雾顷时春。

我不懂俳句，仍旧不知"东山浮"与"东山薄"何者为好。反正这是实景。近来，天明之前我常早起。因而每天早晨都眺望《京洛四季》中的"拂晓·比睿山"。《京洛四季》之前，东山曾有北欧作品展。最近我去斯德哥尔摩旅行，想不到俄国节上的女皇——瑞典小姐，竟让我在她的皇冠上点燃蜡烛。惠司此职，多半是东山先生的缘故。东山先生的绘画表现了北欧旅行中的无限喜悦，尔后回归日本的故乡。此番推出的《京洛四季》则给人以清新自由之感，表现了令人怀恋的温煦的风雅。东山绘画的进步，世人有目共睹。此间，他还为新皇宫作了一幅很大的壁画。

（1969年9月）

我眼中的东山魁夷

多年以来，当我面对东山魁夷的绘画时，常常产生虔敬之感。

为了撰写《东山魁夷》（代表画作）序文，我不分昼夜反反复复地观赏画集的彩色样本，以及百十来张画照，有幸的是，我产生了更加新鲜、深刻的虔敬之感。

今年盛夏，我原定去意大利的一些城镇观赏那里的古代美术作品。出发之前时间紧迫，心绪缭乱，匆忙之中撰写画集序文，有负东山先生的信赖与好意。而恰巧此时，我因小恙取消了出游计划，但撰写画序之事，亦同时延至今日。我想，这或许也是件好事。我可以躺在病床上，慢慢地领略东山绘画。此后时卧时起，我仍是天天观赏东山绘画。由此我才产生了更加新鲜、深刻的虔敬之感。可见身患小恙，对于亲近东山先生其人其画的我来说，真是一件值得庆幸的好事。

“面对东山先生的绘画，我怀着虔敬的感动；对于现代日本风景画家东山先生，我怀着深深的虔敬之情。”我真想以“虔敬”一词作为序言的结尾。这种虔敬的感觉，真是不可言传。它是当你面对东山先生的绘画时，油然而生的瞬间闪念或感触。如今对我而言，东山先生的风景画，令我产生了铭心刻骨的虔敬之情。

东山先生清廉、谦恭，而“虔敬”一词却有某种宗教感、神圣感。他或许不喜欢这种高唱的赞词。当然，我也并未讲过东山先生的风景画是宗教绘画，不能用这种词汇去限定东山先生。然而我又觉得，东山先生的绘画在当今日本，难道不是神圣的风景画吗？尽管多半我是在无意之中写到“宗教感、神圣感”之类的语词。我甚至觉得，在当今日本，东山先生的风景画的确具有宗教绘画的特征。令人产生这种感触的画例，在代表画集中亦举不胜举。

当然，所有高级的艺术作品都必须催人觉醒，触及人的灵魂深处，而不能仅仅给人以短暂的美感。对于那些卓绝天才鬼火一般的刺激或冲击，我只会产生短暂的惊喜。当今的艺术大多命数不长，但我相信，东山先生的风景画一定是生命力最长的现代绘画。观赏代表画集的近百幅绘画（皆为画作彩照），令我感到尤为惊诧的是东山先生构思、画法以及构图方面的非凡独创。这里没有水分，而是货真价实的非凡。他的独创表现在，画作之中润现出优雅的爱、慈祥与柔和，令观者产生澄静的亲切之感。也就是说，东山先生耽于无我的创作，一切都是自然而然地流露或显现，但画作又自然流畅地、完整地显现出强烈的个性。令人惊异的是，在那静谧、安然、细腻的画面中，包含着无比的独创和大胆的构思。

近年来，东山风景绘画的爱好者急遽增多。许多人似乎又由爱好转为敬慕或尊崇。人们从东山先生的风景画中切身地感受到日本的自然，发现了身为日本人的自我心境，且于静寂的小憩之中得到抚慰，或在洁净的慈爱之中感受温情。我相信，不久以后，东山先生将成为日本民族永远尊崇的风景画家，而他的风景画，将被视为日本自然之美的精魂。我相信这并非预言。我所说的虔敬之感，早已深深地植根于观赏东山风景绘画的人们心中。

个把月来，我始终关注着《东山魁夷》画集之中的风景画。此间，日本古往今来的风景绘画时时浮上心头，而东山先生的画法、构图确是无与伦比，此乃无可类比的独创。例如，论及新宫殿的《凌晨的海潮》，他说："我看过许多古代的波浪或波纹表现，但我意欲描绘的，却是前所未有、唯我独具的波纹。"（《一条道路》）这段话，充满了严肃的祈愿和强烈的自信。东山先生的确实现了自己的愿望。谷川彻三也说，《凌晨的海潮》中的"波浪画法，的确是前无古人的。西方的绘画之中，亦无此类波纹。我曾游历过欧洲各地的美术馆，记得一些有名的波浪画作，但几乎都是写实主义的作品，亦即在逼真的描写中显现特色。东方绘画在表现波纹方面，自古便有样式化的线描画法。这种画法作为一种装饰性的表现，至今仍对我们具有魅力。然而东山的绘画虽然基于严格的写实，却又超越了写实。他一面保持着充实的生命感，一面又形成了独自的装饰性样式。东山壁画中的波浪表现，为日本的绘画传统树立了一座纪念碑”。

东山本人也写道：

> 壁画左右是对称的（宽约15米，高5米），因此，描绘波浪时，才有可能形成波澜壮阔的构图。此外，波浪是运动的，有声响的，象征着永恒的生命力。我亦想表现岩石，形成动与静的对照，使构图富于紧张感。波浪与岩石，是完成简洁构图的最佳条件。当我的头脑中形成了前述构图时，我便首先去观海。……我漫步在海岸边，寻觅着波浪与岩石。我时而写生，时而只是在观看。本来，我不打算将此幅壁画搞成写实性的作品，我需要象征性、装饰性的表现，但为了实现这一初衷，有必要在自己可以接受的情况下，观赏现实的大海与岩石。

当我们长时间伫立在海边、河边或瀑布边，倾听那涛声、流水声和瀑布溅落的声响，我们将步入无我的境地。此时，身边虽有大海、河流、瀑布的音响，但却忘却了它是大海、河流或瀑布，竟以为是大自然的声响或广袤的世界之声，仿佛我与声音融于一体。这是一种静的状态。或许正是东山先生画中的大海、河流、湖泊之声。水平如镜的湖泊，其实亦有声音；树木，房屋，皆有声音。东山先生的所有绘画都给人以润泽之感，并非日本风土的湿度，而是东山先生心灵的润泽。在这种润泽之中，隐隐飘浮着东山先生的慈爱之声，充满了柔和与蕴藉。东山先生举办北欧风景画展时，我的女儿曾对我说，《雪原谱》（1963）画中排列于辽阔雪原斜面上的枞树宛若乐谱，看画如听音乐。

我曾在东山的画室之中欣赏《凌晨的海潮》创作实况；改为新宫殿的壁画之后，我亦可随意观看。作品完成之后，于一九六八年举办了纪念展览，展出了许多大海、岩石的写生或草图，自然也有东山创作时的许多相片，日后皆收入画集《凌晨的海潮》中出版。读此画集，可以相当透彻地了解东山先生的绘画意图与态度。此外，在东山先生的许多画集中，皆有“作者的话”之类的文字。而且，有些成为东山先生的自传或表白人生观、美术论的名作。画家自作自解，语言澄明、确切而沉稳。例如，《我所遍历的山河》（1957）、《风景对话》（1967）之类著述，以及《东山魁夷》的跋“一条道路”等等。

东山先生赴北欧旅行时，写过纪行散文《白夜之旅》（1963）；赴德国、奥地利旅行时，又写了《马车慢慢地跑》（1971）。这些国外旅行记写得美不胜言，无以类比。文章生动、鲜明，充满了愉悦与幸福。例如，读过《马车慢慢地跑》之后，我也想沿着东山行走的路线，亲自到德国去旅游一番。

东山先生是个谦逊、恭谨的人，但在其自作自解中，却并不滥用卑语佞辞。他娓娓论及自己作画的动机、方法、意旨与灵感，宛若吟诵一首生命愉悦的诗歌。文风真实、贴切，时而探赜索隐。于是，人们被作者的语言所陶醉、所吸引，却很难超越它。例如，他在《森林与湖泊之国》（东山魁夷北欧画集）中写道：“空中水中，两个月亮，我决定以这般景色结束画集。”在《两个月亮》

（1963）一画中，海湾的堤岸笔直地横贯画面，针叶松的行列齐刷刷的一般高低，岸边的街树，水中的树影，天上的皓月，水中的映月，毋宁说，画家在创作之中灌注了相同的热爱。当然，天空与水面要比树木和树影广阔得多。东山说：“此等景色，在芬兰比比皆是。”但这一说法的背后，却包藏着超凡而大胆的画面构思。东山又说：“白夜甚美。……已届深夜，却明亮得犹如黄昏。澄静的景色展现眼前。水面似镜，真切地映现出一溜黑乎乎的针叶松林。接近外海的海湾处，飘浮着白色的雾霭。终日鸣啭的小鸟，似乎也进入了梦乡。夜色之中，静寂与净福笼罩着一切。两个月亮，放射出寒冷而祥和的光芒。”东山之“净福”，于我似清泉一般。这年夏天我是心病，亦即心绪低落、消沉而悒郁。通过接近东山先生其画其文，我一天天地痊愈。

在东山先生的这本画集中，有三四幅皓月中天的画作。《两个月亮》中的月亮，几乎也是圆的。《冬华》《月唱》《花明》《月出》之中的满月，则更亮更圆。在《冬华》（1964）一作中，广阔的天空给人以“梦幻”之感，“雾中的太阳放射出暗淡的光芒”，仿佛是一轮白色的满月。“冰霜素裹的树木，无数枝丫伸延出半圆的形状，仿佛白色的珊瑚树”；太阳的暗淡光芒“洒向树木的半圆构造，又令半圆形呈现出灰白的色调”。这种梦幻般的暗淡色调，在“日展”这样的展览馆，是否会显得过分平淡？东山亦曾一度迷惑，想改为“黑夜之中的月亮与冰雾”。他说，“我想描绘的是冬季清澄的静寂感”，“作品的力度绝不表现于色调、构图之类的技法之上，而是表现在基于技法的作者精神的强度上，基于这种感受”，“我选定了白灰色的画面”。

例如，东山先生又写道，在“日展”那样的大展厅，“战后，我曾在那儿的墙面之上办过画展，因为我期望有一处足以表现自身孤独的场所。战争先我而去，我的世界却崩溃了……不妨说，在竞争激烈的作者群中，我更看重自我的世界，但以此态度与自我作战，却不是一件容易的事”。的确，在东山的展出作品中，找不到以“竞争”或“与自我作战”为主题的画例。然而，在那犹如上下班时交通拥挤的展览厅内，却有许多画友被吸引到东山的“画馆”。驻足伫立，片刻之间便感受到心灵的静寂，呼吸平稳，身心舒适。

看过东山战后的创始名作《路》（1950），我不禁想起成为新文化遗产的、岸田刘生的《山路写生》。承画商美意，我曾将刘生的名作《丽子像》带回家中，观赏数日。《丽子像》是刘生水彩画的顶峰，但看来看去，却觉得不过是一幅虔敬、慈爱的佛画。在刘生的《山路写生》和东山的《路》之中，我偏爱《路》。因为《路》给人以奇异之感。此序写到一半，我为了却心愿，又特地到东京近代美术馆去观赏东山绘画。我发现最为特别的正是《路》。《路》的色调比我手头的这部画集，更有一种遥远的深度感。就是说，观者与路之间，横亘着悠久的距离。回到家中，我重新翻阅彩摄的画集，发现画集之中的《路》同样具有深度感。

在近代美术馆的“新收藏作品展示”厅中，有《凌晨的海潮》中六分之一的草图和二十分之一的写生，有东宫御所《日月四季图》的小草图以及约莫十幅代表作，其中包括《秋风行画卷》（1952）。这幅风景抒情诗画卷笔触细腻、柔和，色调新鲜、纯真，尤其令人陶醉的是作者缓缓流溢的慈爱，以及呼之欲出的生命感，它令人想起自己的故乡。《残照》一作，亦使我回归到自己青少年时代的心灵故乡。关于《残照》，东山先生曾说明，夕空辽远，群山叠嶂，“坐在人迹渺无的山顶草原，我领略时刻变幻的光影绫罗。置身于此，望得见冬季的九九山谷。此时我深切地感受到，天地之间的一切存在，皆生存于无常之中，且在此宿命的基础之上息息相关”。

少年时代和青年时代，我住在乡村，外出旅行时，常常独自一人久久地蹲在或躺在田埂上、河岸边、海边或山顶，漫不经心地眺望周围的景色，有时会不知不觉地进入梦乡。小学时代，我还时常独自爬到村后的山上，去观赏日出或日落。一个小学生，何来此等情致？日后我亦不得其解。然而，东山先生的《残照》之类的风景画，却自然而然勾起了我的怀旧与乡愁。我这把年龄，仍不愿失去童心。东山先生的风景画则直接唤醒了我的童心。

东山先生在《风景对话》中写道：“我已经旅行过很多地方；日后，我将继续自己的旅行。”所谓旅行，“乃将孤独的自我置于自然之中，令自我获得解放，达到纯化，进而以活泼的精神，在自然的变化中证实生命。生命究竟是什么？我纯系偶然地来到世上，又将走向何处？我认定，没有永恒的世界，永恒的土地，永恒的家。流转，无常，才是生命的证词”。出生，死亡，“以及未来的新生”，其实皆不以自己明确的“意志为转移”，“……我的出生是被动的，如同野草，亦如同路旁的碎石。而在被动出生这种宿命之中，我要活出最大的价值”。基于此等“认识，便可获得些许拯救”。正如东山先生在《我所遍历的山河》《风景对话》和《一条道路》等文中所述，从幼年时代到青年时代，他一直体弱多病，家境贫乏，因而经历了精神上、生活上的挫折、苦恼与动摇，“艺术上长期的苦苦摸索，以及战争的悲惨遭遇”。历经这些磨难之后，他才找到了自己的归宿。他曾说：“就是说，或许正是因为前述经历，我才得以把握住适合于己的生命辉煌。”与其说源自“意志的坚强”或积极的努力，莫如说源于“某种对于一切存在给予肯定的态度，无形之中构成了我精神生活的基础”。然而，“我认定，某种信念……已经成为我的精神支柱”。

东山先生曾谈论“生命的辉煌”“对于一切存在给予肯定的态度”以及“净福”，等等。而在论及《残照》一作时，他说：“天地之间的一切皆存在于无常之中，在此宿命的基础上息息相关。”提到《冬华》，他又说：“作品的力度绝非包含于色调、构图之类的技法之中，而取决于技法之中作者的精神强度。”然而，《冬华》的色调、构图、笔法，皆具有微妙而优雅的独创性；《梦幻》《清澄》《静寂》等作，则在表现东山心灵的同时，飘浮出幽玄之感。在恍如皎皎满月的太阳下，孑然立出一棵披满白霜的半圆大树，这种构图，与《京洛四季》中的《花明》（1968）有异曲同工之妙。《花明》之中是一棵盛开的圆山夜樱，樱树描出了半圆的画面，空中的满月，则绕着朦胧的月晕。《冬华》表现冬天的严酷；《花明》展示春天的和煦。但东山先生的特征却一以贯之，如装饰性、象征性以及构图的匀整等。

由东山先生的风景绘画中时常可见，他的构图体现出左右匀整的特点。最早的有昭和二十年代（1945—1954）的《路》《光昏》，昭和三十年代（1955—1964）的代表作品有《秋翳》《青响》《降雪》和《森林细语》，昭和四十年代（1965—1974）则是《月篁》《岁暮》等。在北欧之旅的系列画作中，有《映象》《眺望弗赖堡城》《微波》等，此期作品的前述匀整特征尤为显著。继而，京都系列（1968）的作品亦有前述特征，如《深夏》《夕凉》《岁暮》等。而且，北欧风景画和京都风景画由于侧重描写映于水中的“映象”，构图更具有上下匀整之感。“匀整”一语不知确切与否，总之是我面对前述风景绘画时油然而生的真实感受。东山先生那匀整的构图，或许正是他祈求灵魂静安、平衡的一种形式吧。

那么，东山先生为何喜好描绘映于水中的“映象”呢？映于水中的风景，本身即具有美感。我将原因归之于此，或亦未尝不可。然而，水中映象又令风景伴之以幻想与象征，韵律中发生了微妙的变化。《两个月亮》中澄寂的“净福”，亦源自静寂的水中映象。尤其是《映象》这一点题画作，东山先生说：“两种全然如一的风景上下吻接时，便不再是司空见惯的风景，而变幻为超现实的世界。”在“这清澄的、屏息抑声的风景中”，“显现出北国特有的神秘世界”。此外，《微波》倒影亦于细波荡漾之中，演奏出纤细的韵律。京都画作《深夏》的倒影，给人以鲜明印象；《夕凉》倒影，则给人以柔润之感；亦有《春宵》之类作品，小岛映于水中，令人产生爱花之情。

又如，在《早春的丹麦》《绿沼》《白暮》（北欧系列）等画作中，成片的大树倒映水中，增加了画面富于音乐感的诗情。还有一幅描写丹麦大森林的绘画，东山题之为“树魂”。而《京洛四季》中，则有青莲院门前的《经年树》。在《树根》（1955）一作中，东山描绘出“盘根错节的榕树根茎”，称之为“潜藏于内心深处的精怪”。树根的形状的确怪诞而妖异。东山却在荒魂之中同样发现了“和魂”，进而于无声之中表现出“生命力的强大”。三四十年以前，我曾借助日本的古木巨树图鉴四下寻觅。面对那些有五百年、上千年历史的巨树，我所想到的并不仅仅是人类生命的短暂。

说到《映象》一作的构图，东山说，他在“画面中央画一直线，描绘出实象、虚象的对照”。论及《黄耀》（1961）一作，他说画面亦体现出一种“对照，一方是叶色明亮而伸展的黄叶树，另一方则是暗郁、高耸的杉树”。在色调的显著对照中，将画面分割为左右两方。如果说《映象》的特征是匀整，那么《黄耀》《山涧红叶》等画作，则是打破匀整的匀整。“三角形的红叶山，薄云蔽日的天空，这种构图基于单纯的画面对比与分割”，毋宁说也是一种破格的匀整。由《晚照》（1954）、《暮潮》（1959）等作，亦可看出东山先生独创性构思、画法的深刻痕迹。

东山先生在丹麦的森林中做树木写生时，声称“忘记了是在远离日本的异乡”。他受惠于故乡一般的“安然与平静”，生命的源泉流溢不绝，为此，北欧四国之旅才诞生了新鲜、丰饶的作品。北欧的自然，仿佛是为东山这位日本风景画家而存在，颇有相见恨晚的感触。而今通览东山的整个绘画，北欧画作的素材无疑正是北欧，北欧是东山遍历途中的幸运邂逅。昭和三十八年（1963）举办北欧风景画展之后，至今已近十年，北欧却依然包孕在日本风景画家东山的心中。

“结束北欧之旅之后回到日本”，东山“觉得此刻应当倾注毕生之最大心血，深深体味京都之美”，于是产生了系列画作《京洛四季》。京都是日本人也是东山先生思慕、憧憬的故乡，然而对于浪迹天涯的东山，又是旅途之中的宿驿。青年时代，东山先生曾经留学德国、奥地利，旅行的目的是寻找青春的皈依。在此，东山画中的色调富于青春的辉煌。然而，东山的旅行不是流浪与漂泊，而是在异乡的巡礼之中感受故乡。他始终胸怀着童心与忘我之情，不愧是一位幸福的游客。东山说，旅行生活是一种“遍历、乡愁、还乡的圆周运动”，“并非依自我的主观意识而产生，而是自然之中的巡回。在自我的观念之中，非循此路线不可”。他说根据少年时代的自然观察，世间万象“是环状的，生成衰灭，直至永远”。他认定，“只有放逐了自我的一切”，“才能真正地直观根源性的能量存在”。

东山先生发现并描绘了京都的自然与风景。不妨说，京都的自然、风景原本存在，是自然和风景在等候东山，二者的邂逅产生了绘画作品。然而十分明显，东山先生作画的准备、凝神与过程是非同寻常的，感情的抑制亦恰到好处。另外，他善于捕捉时刻变化的自然的瞬间之美。例如，《京洛四季》中有《北山初雪》一作。几位居于北山的林业家观后，交口赞绝，因为给人此等感触的雪景，一年之中至多一次、两次，而且维续时间极短。描绘月夜竹丛的《月篁》与东山先生创作新宫殿大壁画或《京洛四季》“大致同期”，他说：“波涛的画面与这幅月篁虽然是完全相反的表现，但我觉得，二者又有某种深深的内在关联。”

《京洛四季》的最后一作是《岁暮》，描绘了俯瞰的街景，亦即京都样式的屋脊鳞次栉比。天上雪花霏霏，令人想起年终岁末的夜空，在一种无限的静寂中，包容着温厚的慈爱。在北欧的旅途之中，东山亦曾画过城镇与住家或古玩店、旧牌匾之类；在德国旅行时，他画过窗子。这些作品表现了生命朴素的喜悦以及温润的慈爱。东山在德国纪行中这样写道，瞻仰斯泰第尔美术馆中慈祥的圣母，发现“人类越是深刻探究人类罪孽的深重与苦恼，便越发必然地崇奉洁净而慈善的形象”。

本来只想作一短文，说说东山先生风景画中的“虔敬”与“净福”，不料却连篇累牍。其中有个理由，亦即步入东山风景画者，

“便可小憩于……”

（1971年11月）

东山魁夷的《晚钟》

巨大的教堂笼罩在暗淡的逆光之中，耸立于夕阳之下的弗赖堡大街。

尖顶的高塔，垂直截断于缓然起伏的遥远地平线。

镶着金光的云彩间，几缕光线射向塔顶。

我和妻子由街后的城山走来，面对这令人肃敬的景色，不由得伫立良久，默默无言。

这段话引自东山先生的德国、奥地利旅行纪《马车慢慢地跑》。在画集《东山魁夷》《后记·一条道路》中，他又写道：“在与法国接壤的国境城市弗赖堡，夕阳之下，耸立着拥有哥特式美丽尖塔的大教堂。”

感动之余，他画了《晚钟》。近来，一种感触更加强烈，我觉得东山先生的风景画里飘溢着静寂、慈心与温润之感，且这种感觉之中包含着虔敬与净福。《晚钟》亦是尤为显著的例证。尖塔耸于城中，截断了地平线，又尖利地刺破天空，由此回荡出晚钟的声响，犹如在大地洒下了安息的暮色。周围的房屋大多低矮，远景的山峦描画出平缓的曲线。这并非偶然。画面正中的大教堂，尤其是那座尖塔，显得更加庄严。

夕阳钻入积云之中，金色的晚霞微妙地浮动，那色调犹如洁净的憧憬，异常庄严地笼罩着尖利的高塔。时间正是北欧的嫩叶之春。加之东山先生的主观因素，夕阳之中的城市色调甚至连那石造的严厉的尖塔，都给人以某种柔和之感。

《晚钟》的重点是大教堂。这种俯瞰城市的构图，则令我想起《京洛四季》系列画作中的《岁暮》。飞雪飘落在京都鳞次栉比的屋脊上，时光静寂，届临岁暮。一九六八年，东山先生完成了新宫殿的大壁画《凌晨的海潮》；同年，他又举办了“京洛四季画展”。通过这一系列的作品，他欲将“京都描画为心灵的故乡”。翌年，他赴德国、奥地利旅行。在那儿，东山先生竟将德国“确认”为“第二故乡”，声称“我回来了”。

东山先生由美术学校毕业之后，便在德国留学，近四十年后故地重游，也是一种青春的再现。昭和三十七年（1962）的北欧四国之旅产生了丰厚的作品；同样，此次旅行的产品亦甚丰厚。例如，画集《窗》中的爱以及色调的辉煌感，不正是青年时代美好记忆的苏生吗？

弗赖堡是德国西南角的城市，接近法国与瑞士国境。它犹如一个门户，逆行至斯巴尔兹巴尔特，便是山岳地带。弗赖堡是美丽的中世纪哥特式城市，有许多历史悠久的大学。而《晚钟》里那座石造大教堂的尖塔，则“建于一二七〇年至一三〇一年间”，据称是德国哥特式建筑的代表作。此时此地，我们却可仅仅将其看作东山先生的绘画。

东山先生的《窗》

受惠于人生之邂逅，我有幸一而再、再而三地为东山魁夷先生的画集、版画集或文集作序。然而，这里首先就有一个疑问，即我是否合当此任呢？动笔之前，我便心中无底。写完之后，又必定留下懊悔与愧疚。感到自己并未充分理解东山的绘画抑或东山魁夷这位画家，多有言犹未尽之感。说到底，我不过是信徒之一而已。我只想默默无言地观赏东山先生的风景绘画。以我的语言或文章，无法完美地传达东山的绘画以及画家东山。我时时处于惶恐、怀疑与反省之中，不知在他人眼中，自己是否起到了传达东山的作用。当自己作为读者，面对自己的那些文字时，更是如此。因而事与愿违，特意撰文绍介东山先生，却时常拘泥于平凡的常识，停留在平庸的观点之中。

不过话说回来，依此观点或说法，其实大半美术作品的解说或评论，皆为平庸之作。多数情况下，我也讨厌文学作品的解说文字。我对美术品充满热爱，但作为自我禁忌，我尽量不去撰文评说。美术品须用眼睛来鉴赏，或者捧于手中去玩味，这似乎不是语言所能具备的功能，我不想培育出此等能力而失去非语言性的愉悦。实际上，屡次三番地为东山先生的绘画作序，完全是为了东山先生的深厚情谊。惠蒙东山先生知遇之恩，至今已有十余年岁月，我的家中始终悬挂着东山先生不同时期的绘画。只要不是外出旅行，我天天都能观赏东山的绘画。日复一日，倍觉亲切，却并无司空见惯之感，恰如古往今来优秀画家的优秀作品，时而，不，毋宁说是经常给人以新的发现。

不久之前，围绕东山先生德国旅行的作品《晚钟》，我写过一篇短论，刊于报章。《晚钟》描绘了德国弗赖堡的夕阳景色，画面中央是德国最美的哥特式建筑——大教堂的高耸尖塔。天边是大块的横云，夕阳由云上云下透射出迷离的金色光线，平添了清澄与虔敬的感觉。画面的中心是尖塔。我是在东山先生家中看到大作《晚钟》正稿的；为做参考，我将写生草图借回了家中。比较而言，正稿的轮廓比较明显，色彩亦较为鲜亮。《晚钟》令我联想到西方净土的“来迎图”。我想，这或许是我等日本作家的苦思冥想。短文完稿之后，连日以来，我在自己家中时时凝视那些《晚钟》的草图。只觉得首先映入眼帘的是尖塔与夕照；此外，东山细心地描绘了塔下暮色之中的街舍。此间的美渐渐沁入心脾。东山先生风景画中的安稳与静寂，亦深深地印迹在我的心中。

东山先生在德国、奥地利的行纪《马车慢慢地跑》中写道：“弗赖堡大教堂中的尖塔，建于一二七〇年至一三〇一年间，高度一百六十米，是一座均衡完美的建筑。尤其是锥形的尖头屋顶，用石头精雕而成；宛若蔷薇窗一般的构造，更是美不胜言。”东山一到弗赖堡，马上到附近的法属科耳马尔去看伊瑟海姆的祭坛画。东山感触至深地说，祭坛画中，磔刑的凄惨与降诞的祝福互为表里，祭坛画是“德国绘画史上的最高杰作”，“在世界绘画史上亦为最高杰作之一”。东山认为，祭坛画体现了“德国之民族精神，亦即彻底的追求性或神秘性，以及‘经由苦恼走向欢喜’”。他感到，在“这种降诞场所的神秘性中，包含着音乐性的构思，那真正是一种神圣的喜悦”。看过祭坛的归途之中，东山由黄昏的山丘上俯瞰弗赖堡。此即《晚钟》之中的景色。东山登上尖塔。当时，二十几个孩子正在年轻女教师的带领下向守塔的老人道谢，且以合唱表示抚慰，这般“情景充满温情”。东山在《马车慢慢地跑》和德国、奥地利写生画集《窗》的附文中，皆有描述。

最近集英社又将刊出东山魁夷大画集，约我再写一篇序文。负责编纂的横川氏，非让我写得长一些——四百字的稿纸二十页。我却认为，序文尤其是画集的序文不宜过长。我固执己见地说，东山先生画作的解说或评论，充其量不能超过四页。文章尚未写出，横川却突然逝世。横川氏在出版画集的工作中倾注了极大的热情，二十页序文的约稿，似乎是给我留下的遗言。我决定写够二十页，结果写了三十余页。文章显得臃赘不堪，似乎可以写成一本薄薄的小册子了。我想，如果写小册子，或许一半内容是引自东山先生本人的文章，那倒很省事。在撰写三十页稿纸的过程中，我最为苦恼的是如何尽量少用东山先生的引文。东山先生本人关于自己或自己的画作，早已有过许多明晰而优美的文字，他人再想写出一点儿新意或者有所超越，实在是难乎其难。至少我没有这种能力。然而，过分拘泥于作者本人的文字，又有陷于无能的危险。不妨说，唯东山本人全无此虞。

我怀着此等疑虑，为东山先生的北欧版画集《古镇》作序，却通篇大论北欧的自然，以及与画家东山邂逅的幸运。集英社版大画集的序文过长，乃不得已而为之。但有一点是必须藏于心中、无法诉诸文字的，亦即东山先生神秘的内心、精神苦恼与动摇，以及经此洗礼后的寂福与虔敬。这些内容，在东山先生的风景画中也是一种潜在的意蕴，并不显现于画面的表层。我以为，画集《窗》的构图与色调体现了画家回溯青春的愉悦。巴姆贝尔克大教堂的栏杆、《夕阳》前景的树枝等，皆在美丽的装饰感中融入了“魔幻”般的力量。

（1972年1月）

魏大海 译

附录一：授奖词

瑞典科学院常务理事安德斯·奥斯特林

陛下，

阁下，

女士们，

先生们：

本年度诺贝尔文学奖的获奖者，是日本的川端康成先生。一八九九年，他生于大阪这座工商业大城市，父亲是位颇有教养的医生，对文学也饶有兴趣。由于双亲的骤然去世，川端先生成了孤儿，自幼即失去良好的教育环境，由住在郊外、体弱多病、双目失明的祖父收养。双亲的不幸亡故，从日本重视血缘关系的角度来看，具有双重意义。这无疑影响了川端先生的整个人生观，也成为他日后研究佛教哲理的原因之一。

早在东京帝国大学求学时，川端先生便立志要当作家。专心致志，锲而不舍，是置身文学之道。而川端先生可谓范例。二十七岁时，发表礼赞青春、叙述一个学生的故事的短篇小说，使他一举成名。清秋时节，主人公孤零零一人去伊豆半岛旅行，和一个贫穷低微、受人轻蔑的小舞女邂逅，萌发一缕怜爱之情。小舞女敞开她纯真的心扉，示以一种清纯而深切的爱。这一主题，仿佛一曲悲凉的民谣，反复咏叹，在川端先生以后的作品中，几经变化，一再出现。通过这些作品，表示了作家本人的价值观。多年以后，川端康成先生终于越过日本国境，在遥远的海外也获得了声誉。不过，到目前为止，川端先生的作品译成他国文字的，实际上只有三个中篇和若干短篇。这显然因为迻译是桩艰辛难为的工作，同时也由于翻译工作好比一个网眼很粗的筛子，经过这道筛子，川端康成先生那富有表现力的文字，便失却许多韵味。尽管如此，迄今已译出的几部作品，仍能充分传达出川端先生个性独具的典型风貌。

正像已逝的前辈作家谷崎润一郎一样，川端康成先生显然受到欧洲近代现实主义文学的洗礼，但同时也立足于日本古典文学，对纯粹的日本传统体裁，显然加以维护和继承。川端的叙事笔调中，有一种纤巧细腻的诗意。溯其渊源，盖源出于十一世纪日本的紫式部所描绘的那包罗万象的生活场景和风俗画面。

川端康成先生以擅长观察女性心理而备受赞赏。他的这一卓越才能，表现在《雪国》和《千鹤》这两部中篇小说里。从两部作品浓艳的插曲里，我们可以发现作家辉煌而杰出的才能、细腻而敏锐的观察力和编织故事的巧妙而神奇的能力。描写技巧在某些方面胜过了欧洲。读他的文章，令人联想起日本绘画。因为川端极为欣赏纤细的美，喜爱用那种笔端常带悲哀、兼具象征性的语言来表现自然界的生命和人的宿命。倘若把外在行为的虚无比作漂浮在水面上的荇藻，那么，在川端的散文中，可以说能反映出俳句这种玲珑剔透的纯粹日本式的艺术。我们对日本人的传统观念及其本质，几乎一无所知，似乎无法领略川端作品的奥蕴。然而，读了他的作品，又似乎觉得，他在气质上同西欧现代作家有某些相似之处。说到这一点，我们脑海里首先浮现出来的，便是屠格涅夫。因为屠格涅夫也是位多愁善感的作家，在新旧世界交替之际，他以其伟大的才能，怀着厌世的情绪，对社会加以详尽的描绘。

川端先生的《古都》也是一部引人注目的作品，完成于六年前，已译成瑞典文。故事的梗概是，幼女千重子因双亲穷苦，遭到遗弃，由商人太吉郎夫妇收留，照日本传统的老规矩抚养成人。千重子为人正派，对自己的身世已暗自怀疑，促成多愁善感的性情。按日本民间的迷信说法，弃儿会终生不幸，她常为此苦恼不已。而且，千重子又是个孪生女儿，所以多背负一重受人耻笑的标志。有一天，千重子在京都郊外的北山遇见当地一个美少女。她发现那正是她的孪生姐妹。娇生惯养的千重子同身材健美、自食其力的苗子，逾越社会地位的悬殊，情投意合，和睦相处。由于两人容貌惊人的相似，闹出一些阴差阳错的误会。故事的背景放在京都，描写了四时节庆的胜景盛事。从樱花盛开的春天到白雪纷飞的冬季，历经一年的时日。因此，京都这座古城自身便成为作品里的登场人物。京都是日本的故都，天皇及其臣僚曾住在那里。千年之后的今天，风流繁华的圣地，以其不可侵犯的地位而得以保存下来，也是能工巧匠技艺精纯的发源地。并且，现在以一个旅游城市而为人所喜爱。川端先生以毫不夸张的感伤、动人心弦的手法、敏锐细腻的感觉，将那些神社佛阁、工匠荟萃的古老街衢、庭园建筑、植物园内种种风物，予以精心描绘，作品充满诗情画意。

川端先生经历了日本最终的失败，想必他认识到，需要有进取精神，应当发展生产力和开发劳动力。在战后全盘美国化的过程中，川端先生通过自己的作品，以稳健的笔调发出呼吁：为了新日本，应当保存某些古代日本的美与民族的个性。这无论从他悉心描绘京都的宗教仪式，或是挑选传统的和服腰带花样，我们都可以感到他的意向。作品所表现的种种情景，即使作为文献记录，也是难能可贵的。有的读者或许会注意到这样一个极其特殊的细节，即美国驻军在植物园内大兴土木，把园子也长久关闭不开。一旦重新开放，优雅的林荫路，两旁楠木依然如故，有些中产阶级市民便前去观赏，看看如今是否还能使那些熟悉这夹道楠木的人依旧赏心悦目。

由于川端康成先生的获奖，日本第一次跻身于诺贝尔文学奖获奖国家的行列。这一决定从根本上讲，有两点重要意义：其一，川端以卓越的艺术手法，表现了具有道德伦理价值的文化思想；其二，川端先生在架设东方与西方之间的精神桥梁上，做出了贡献。

川端先生，这份奖状，旨在表彰您以敏锐的感受，高超的叙事技巧，表现了日本人的精神实质。

今天，我们不胜欣悦，能在这座讲坛上，欢迎您这位光荣的远方来客。

我谨代表瑞典科学院，衷心向您祝贺，并请您接受将由国王陛下亲自颁发的本年度诺贝尔文学奖。

（1968年12月10日）

高慧勤 译

附录二：年谱

高慧勤根据长谷川泉、羽鸟彻哉、川端香男里各家年谱编译。

1899年

6月14日，生于大阪。原籍为茨木市大字宿久庄，祖上历任该村村长。先祖川端道政，曾任宿久庄如意寺僧官。明治维新后，家道中落。外祖家亦为名门望族。其父名荣吉，就读于东京医学校济生学舍，毕业后在大阪开业，同时习汉诗、文人画，身体羸弱。

1901年　2岁

1月17日，父因肺病辞世。

1902年　3岁

1月10日，母亦因肺病故去。川端康成由祖父母领养，姐姐芳子则寄养于姨母家，姨父秋冈义一当时为众议院议员。姐弟二人的生活费，均由母亲在世时寄存于姨父处的三千一百日元支出。

1906年　7岁

4月，入小学读书。因体弱多病，一、二年级时经常缺课，上到五、六年级缺席渐少，成绩全优。

9月9日，祖母病故。有关祖母的回忆，日后写成短篇小说《祖母》和《故园》等。

1909年　10岁

7月21日，姐姐芳子病死于姨父家。自3岁与姐姐分别后只见过一面，姐姐死后亦未能前去送葬。

1912年　13岁

3月，小学毕业。

4月，以第一名的成绩考入大阪府立茨木中学。每天上学须走十来里路，加之该校重视体育锻炼，盛行劳动、游泳、长跑等运动，川端康成的体质也得以增强。小学时代喜欢绘画，立志要当画家。进入中学后，因大量阅读小说和文艺刊物，志趣改变，以小说家自期。

1914年　15岁

5月25日，祖父亡故，自此，川端康成孤苦伶仃，寄人篱下，养成乖僻性情和自卑性格。

当时写有《十六岁的日记》，记叙与双目失明的祖父相依为命及祖父病中的种种情景。日后所写短篇小说《拣骨记》《送葬的名人》《给父母的信》《故园》《落花流水》中《灯笼》一节，对祖父均有描述。本年还将所作诗文《谷堂集》订成一册。

1915年　16岁

1月，开始在校住宿。

喜欢“白桦派”作家，尤爱读武者小路实笃的小说。此外还广泛阅读谷崎润一郎、德田秋声、陀思妥耶夫斯基、契诃夫、斯特林堡等人的作品，以及《源氏物语》《枕草子》等古典名著。这一时期，当作家的愿望更加强烈，开始向杂志投稿，但均未能发表。

1916年　17岁

4月，升入中学五年级。为寝室室长，与同室二年级学生小笠原义人亲密异常，是为日后《少年》一作的题材。

秋天，将唯一的房产卖给本家亲戚，自此身无长物。
本年，在当地小报《京阪新报》上发表《给H中尉》等短篇小说。但向中央各大报刊的投稿，除一两首俳句外，了无下文，颇为失望。
12月，一向拟考庆应大学或早稻田大学，毕业前突然改变主意，决定投考第一高等学校，以便升入东京帝国大学。

1917年　18岁

3月，由茨木中学毕业。进京，寄身堂兄家。每周前往明治大学预备校听课，准备应试。常去浅草公园。
9月，考入第一高等学校（以下简称“一高”）英文专业。同学有石浜金作、酒井真人、铃木彦次郎、三明永无等人。经表兄介绍，结识新进作家南部修太郎。
一高的三年，均在校寄宿。大量阅读俄国文学和芥川龙之介、志贺直哉的小说。

1918年　19岁

10月末，初次去伊豆旅行，同一伙江湖艺人结伴而行。对14岁的小舞女抱以纯真美好的情意。后据这段经历，写成《汤岛的回忆》。此后的10年间，几乎年年在汤岛温泉的汤本馆度过大半年时间。

1919年　20岁

6月，跟同学去白木屋饭馆，寻女侍町梢，并以此为素材写成小说《千代》，发表于一高《校友会杂志》。后来经常出入本乡爱兰咖啡馆，对女侍千代（本名伊藤初代）颇为倾心。
经同学介绍，与今东光（日后亦为作家）成为知交，并受到今东光父母的喜爱和照顾。

1920年　21岁

7月，由一高毕业，升入东京帝国大学文学院英文系。

秋天，与石浜金作、今东光等人拟办同人刊物，拜访菊池宽，此后川端长期受其照拂，刊物得以沿用“新思潮”一名。

1921年　22岁

2月，《新思潮》出版，是为第六次复刊。发表《一项婚约》。

7月，《新思潮》第二期刊载短篇小说《招魂祭一景》，引起文坛注目，菊池宽、久米正雄等老作家给予好评，增强了创作的信心。

10月，爱兰咖啡馆的美少女千代在上一年到了岐阜，川端康成在友人三明永无的陪同下往访千代，与其订婚。当时千代只有16岁。回京后，为筹备婚事，相商于菊池宽。菊池宽慷慨解囊。然而，一个月后，千代突然毁约，虽多方努力，终无可挽回，千代亦去向不明。此事对川端康成伤巨痛深，长久难以平复。后来，将这次失恋写成《南方的火》《篝火》《非常》《她的盛装》《暴力团的一夜》《海上火祭》等一系列小说。

11月，经菊池宽介绍结识横光利一，成为终生挚友。

12月，《新潮》发表川端的第一篇评论《南部先生的风格》。

1922年　23岁

1月，为《时事新报》撰写“创作月评”，以评论家身份跻身文坛。

6月，由英文系转至国文系。

夏天，怀着失恋的伤痛逗留汤岛，创作《汤岛的回忆》。日后又在此基础上，根据伊豆之行，寄托对小舞女的怀念，改写成《伊豆舞女》这一文学史上的抒情名篇。

本年发表的主要作品：

翻译高尔斯华绥的《街道》、丹塞尼的《死的俄尔西斯》（《文章俱乐部》1月号）

翻译契诃夫的《看戏归来》（《文章俱乐部》2月号）

《一节》（《新思潮》3月号）

《里见弴先生的一种倾向》（《新思潮》1—8月号）

《论现代作家的文章》（《文章俱乐部》11月号）

1923年　24岁

1月，菊池宽创办《文艺春秋》。

2月，川端康成和横光利一等人被接纳为《文艺春秋》编辑同人。

9月，发生关东大地震。与今东光前去慰问芥川龙之介，并随同芥川巡视震后的废墟。

本年发表的主要作品：

《林金花的忧郁》（《文艺春秋》1月号）

《新春新人创作评》（《文艺春秋》2月号）

《文艺时评》（《新潮》2月号）

《评三月份的文坛创作》（《时事新报》3月）

《精灵祭》（《文艺春秋》4月号）

《男人、女人和板车》（《文章俱乐部》4月号）

《送葬的名人》（《文艺春秋》5月号）

《梳妆匣和市井小人》（《文艺春秋》6月号）

《七月份的小说》（《国民新闻》7月）

《南方之火》（《新思潮》7月号）

《文艺春秋的作家》（《文艺春秋》8月号）

《观看大火》《向阳》（《文艺春秋》11月号）

《新文章论》（《文章俱乐部》11月号）

《文艺时评——致评论会上诸位先生》（《新潮》11月号）

《遗书与魔鬼》（《时事新报》12月）

1924年　25岁

大学四年级时，学费来源断绝，开始自食其力。

3月，虽然学分不足，但在主任教授藤村作博士的照顾下，得以由东大国文系毕业。毕业论文为《日本小说史小论》，序章《关于日本小说史的研究》刊载于《艺术解放》3月号上。

10月，与横光利一、片冈铁兵、今东光、石浜金作、中河与一等新进作家创办同人刊物《文艺时代》。刊名的由来是川端康成认为今后的时代，将由文艺取代宗教普救人类这一艺术至上的观点提出来的。他在《发刊词》中说："我们的任务是革新文艺"，"是对自然主义最初的，也是正当的一个反动"，"是新作家对老作家的挑战，可说是破坏现有文坛的运动"。川端等人受到西方现代派思潮影响，追求新的表现方法，偏重直觉，重视主观感受，主张写出"新的感觉"。评论家千叶龟雄在《世纪》11月号上发表《新感觉派的诞生》一文，从此，这批新进作家被视为"新感觉派"，同当年6月创刊的《文艺战线》的"无产阶级文学派"，形成日本现代文学史上两大文学潮流。

本年至1927年，川端相继写出《篝火》等一系列以千代为原型的自传性作品，同时也创作了《头发》《港湾》《月亮》等超短篇小说。这些作品既有未来派、达达主义等外来影响，也有不受传统束缚的反俗精神，表达了川端克服乖僻性格，压抑失恋伤痛，向新天地突奔的意愿。这一年撰写的随笔、评论也颇多。

本年发表的主要作品：

《新春文坛的创作》（《都新闻》1月）

《月评家气焰》（《文艺春秋》3月号）

《关于日本小说史的研究》（《艺术解放》3月号）

《篝火》（《新小说》3月号）

《让年轻人奔放自如》（《新潮》4月号）

《评上月的独幕剧》（《文艺春秋》4月号）

《在空中闪动的灯》（《我观》5月号）

《读〈可诅咒的生存〉》（《文艺春秋》6月号）

《不是敌人》（《新潮》7月号）

《竞相开放的花》（《妇女界》7月号—1925年3月号）

《生命保险》（《文艺春秋》7月号）

《脆弱的器皿》《奔向火海的她》《锯与生产》（《现代文艺》9月号）

《评九月号杂志上的小说》（《时事新报》9月）

《蝗虫和铃虫》（《文章俱乐部》10月号）

《新生活与新文艺——代发刊词》（《文艺时代》10月号）

《〈文艺时代〉与〈文艺春秋〉》（《读卖新闻》10月号）
《指环》《时钟》（《文坛》10月号）
《驹込杂记》（《文艺春秋》11月号）
《评十月份的戏剧》（《演剧新潮》11月号）
《思想与生活与小说》（《文艺时代》11月号）
《惊世天才白鸟》（《时事新报》11月）
《非常》（《文艺春秋》12月号）
《短篇集》（收有《头发》《月亮》等小小说，《文艺时代》12月号）
《自信》（《新潮》12月号）
《文艺时代》《文坛波动调》（《文艺时代》12月号）
《文艺寸言》（《时事新报》12月）

1925年　26岁

1月，《文艺时代》发表《关于新进作家的新倾向解说》一文，表明“新感觉派”的创作主张：“没有新的表现，便没有新的文艺；没有新的表现，便没有新的内容。而没有新的感觉，则没有新的表现。”
这一时期，对心灵学产生兴趣，其作品也带有某些神秘的意味。此后的两年多里，长期逗留于伊豆的汤岛。
本年发表的主要作品：
《我的事》（《文章俱乐部》1月号）
《论文坛文学》（《新潮》1月号）
《新进作家的新倾向解说》（《文艺时代》1月号）
《落日》（《文艺时代》2月号）
《落叶与父母》（后改名为《孤儿的感情》，《新潮》2月号）
《为新感觉派一辩》（《新潮》3月号）
《汤岛温泉》（《文艺春秋》3月号）
《蛙往生・骑驴的妻子》（《文艺时代》3月号）
《评各杂志的创作》（《文艺时代》4月号）
《诡辩：答诸家问》（《万朝报》4月）

《屋檐下的贞操》（《文艺日本》4月号）
《温泉通信》（《文艺春秋》5月号）
《人的脚步声》（《女性》6月号）
《评五月的戏剧》（《演剧新潮》6月号）
《燕子》（《妇女公论》6月号）
《十七岁的日记》（《文艺春秋》8月、9月号，后改名为《十六岁的日记》）
《蓝的海·黑的海》（《文艺时代》8月号）
《伊豆少女》（《妇女公论》8月号）
《〈午前的凶杀〉我见》（《文艺时代》9月号）
《初秋之旅通信》（《文艺时代》10月号）
《初秋山间空想》（《文艺春秋》11月号）
《第二短篇集》（收有《阿信地藏》等小小说，《文艺时代》11月号）
《明天的约会》（《文艺思潮》12月号）
《白色的满月》（《新小说》12月号）
《丙午女儿赞及其他》《十四年的匿名信》（《文艺时代》12月号）
《第三短篇集》（收有《谢谢》《万岁》等小小说，《文艺春秋》12月号）

1926年　27岁

4月，与横光利一等人组织“新感觉派电影联盟”。川端的脚本《疯狂的一页》被搬上银幕，被推选为当年的优秀影片之一。后因放映效果不佳，联盟解散。
6月，金星堂出版社将其超短篇小说辑录成书，出版处女集《感情的装饰》。
嗣后，与秀子女士开始共同生活。
本年发表的主要作品：
《伊豆舞女》（《文艺时代》1月、2月号）
《超短篇小说的流行》（《文艺春秋》1月号）

《南伊豆之行》（《文艺时代》2月号）
《白鞋》（《文章往来》3月号，后改名为《夏天的鞋》）
《关于表现》（《文艺时代》3月号）
《麻雀作媒》（《街头马车》4月号）
《第四短篇集》（收有《殉情》等小小说，《文艺春秋》4月号）
《灵柩车》（《战车》4月号）
《瞭望春天的近视眼镜》（《朝日周刊》4月）
《文科大学插曲》（《女性》5月号）
《入京日记——身边杂记》（《文艺时代》5月号）
《横光利一杂感》（《新潮》6月号）
《婚礼和葬礼》（《新小说》7月号）
《一流人物》（《文艺春秋》7月号）
《一个人的幸福》（《青草》7月号）
《静静的雨》（《文章往来》8月号）
《论文坛现状》（《文艺春秋》8月号）
《屋上的金鱼》（《文艺时代》8月号）
《祖母》（《文艺时代》9月号）
《大黑像和轿子》（《文艺春秋》9月号）
《她的盛装》（《新小说》9月号）
《牺牲的新娘》（《青草》10月号）
《五月之幻影》（《近代风景》12月号）
《回忆樋口一叶》（《青草》12月号）

1927年　28岁

3月，第二部作品集《伊豆舞女》由金星堂出版。
5月，《文艺时代》停刊。这一时期，无产阶级文学蓬勃发展，片冈铁兵、今东光等许多友人开始左倾。
6月，随同菊池宽等人前往东北地方，发表讲演。
11月，暂住热海温泉鸟尾庄。

本年发表的主要作品：

《怪谈集——〈女人〉〈可怕的爱〉〈历史〉》（《文艺时代》1月号）

《招魂祭一景》《关于〈招魂祭一景〉》（《文艺时代》2月号）

《仓木先生的葬礼》（《国王》3月号）

《梅花的雄蕊》（《文艺时代》4月号）

《柳绿花红》（《文艺时代》5月号，后与《梅花的雄蕊》合并，改写为《春天的景色》）

《〈伊豆舞女〉的装帧及其他》（《文艺时代》5月号）

《第五短篇集》（收有《马美人》等小小说，《文艺春秋》5月号）

《骏河小姐》（《青草》5月号）

《暴力团的一夜》（《太阳》5月号，后改名为《霰》）

《进京记》（《手帖》5月号）

《结婚之谜》（《读卖新闻》5月）

《伊豆的印象》（《文艺春秋》6月号）

《西国纪行》（《改造》8月号）

《神骨·扒手的故事》（《文艺公论》8月号）

《围棋》（《手帖》8月号）

《独身俱乐部》（《东京朝日新闻》8月）

《四摄影棚的门》（《电影时代》8月号）

《犬》（《创作时代》9月号）

《海上火祭》（《中外商业新报》8月13日—12月24日）

《蔷薇的幽灵》（《少女世界》10月号）

《音乐奇谭》（《文艺俱乐部》10月号）

《关于超短篇小说》（《创作新时代》11月号）

1928年　29岁

3月15日，当局对日共进行大搜捕。翌日，林房雄、村山知义至热海，暂避于川端家。

5月，迁居大森，同住在附近的尾崎士郎、宇野千代、萩原朔太郎、广津和郎等作家交往频繁。

本年发表的主要作品：

《片冈·横光等人的立场——年初文坛时评》（《文艺春秋》1月号）

《烧门松》（《创作月刊》1月号）

《盲人与少女》（《朝日新闻》2月）

《山茶花》（《创作月刊》3月号）

《保护色的希望》（《每日周刊》3月）

《诗与散文》（《青草》4月号）

《母语的祈祷》（《文章俱乐部》5月号）

《死者的书》（《文艺春秋》5月号）

《空屋》（《创作月刊》6月号）

《故乡》《母亲的眼睛》（《时事新报》6月）

《三等候车室》（《1928》7月号）

《温泉女风采》（《妇女公论》8月号）

《打人的孩子》（《创作月刊》9月号）

《武打演员的长相》（《电影与曲艺》9月号）

《永远是新作家的铁兵》（《新潮》10月号）

《犬养健氏》（《文艺春秋》11月号）

《若山牧水和汤岛温泉、村山知义和热海》（《每日周刊》11月）

《毒药轮舞》（《文艺俱乐部》12月号）

1929年　30岁

4月，加入《近代生活》同人。

9月，由大森迁居至上野，常去浅草取材。

10月，第一书房创办《文学》，与堀辰雄、横光利一、永井龙男、犬养健等人为该刊同人。

12月，《文学时代》在“谈我的丈夫”一栏中，刊载川端秀子夫人的《他有一双锐利的眼睛……》。

这一年，艺术派作家同无产阶级文学派作家间，就形式主义文学问题展开争论，川端虽未直接介入，但在《文艺杂谈》一文中提出“文学上左倾”并非“政治上左倾”，表明其艺术应革新的主张。

本年发表的主要作品：

《海山叙景诗》（《新潮》1月号）

《黑牡丹》（《时事新报》1月）

《芥川龙之介和吉原》（《每月周刊》1月）

《伊豆温泉记》（《改造》2月号）

《我的七个信条》（《文章俱乐部》2月号）

《横光和十一谷》（《新潮》2月号）

《美丽的坟墓》（《新潮》3月号）

《班长的侦探》《日本人安娜》（《少年俱乐部》3月号）

《桔康哉》（《近代生活》4月号）

《杂谈》（《创作月刊》4月号）

《尸体介绍人》（由《文艺春秋》等刊发表，4月—1930年8月）

《雪隐成佛》（《没落时代》4月号）

《新娘子的风采》（《青草》4月号）

《五月手记》（《新潮》5月号）

《如何看待形式主义文学理论》（《文艺评论》5月号）

《离婚后的孩子》（《新潮》6月号）

《伊豆天城》（《朝日周刊》6月）

《地方狩猎》（《青草》6月号）

《六月创作评》（《时事新报》6月）

《逗子·镰仓》《都会手记》（《文学时代》7月号）

《伊香保断章》（《皿》8月号）

《显微镜怪谈》（《文艺春秋》8月号）

《新人才华》（《新潮》9月号）

《关于她们》（《文艺时代》9月号）

《寺内大尉夫人的殉死事件》（《每日新闻》9月）

《一种诗风》（《文艺春秋》10月号）

《温泉旅馆》（由《改造》《文艺春秋》等发表，10月—1930年3月）
《文艺杂谈》（《帝国大学新闻》10月）
《文艺时代其时》（《青草》10月号）
《片冈铁兵的生活》《林房雄的作品》（《新潮》11月号）
《围棋成绩表》（《近代生活》11月号）
《到上野樱木町夫》（《文学时代》11月号）
《电影观后感》（《新潮》11月、12月号）
《谎言与反面》（《文学时代》12月号）
《浅草红团》（由《东京朝日新闻》《改造》《新潮》发表，12月—1930年9月）

1930年　31岁

菊池宽任文化学院院长，川端应聘为讲师，每周授课一次。
6月，藏原惟人偷渡苏联之前，得到川端庇护。
加入中村武罗夫等人组织的“十三人俱乐部”，与新兴艺术派作家交往。
这一时期，文坛盛行新心理主义文学。“新感觉派”重在外部描写，表现刹那感觉、瞬间印象，而新心理主义文学则转向以内心独白、意识流等手法，刻画人物深层心理。川端康成创作中的虚无倾向愈见加重。常去浅草公园，并开始饲鸟养狗。

本年发表的主要作品：

《作家和作品》（《文学》1月号）
《龙胆寺雄》《池谷信三郎》《关于迷惑和技术》（《新潮》1月号）
《从绘画的趣味谈起》（《青草》1—6月号）
《望远镜与电话》（《新潮》2月号）
《走马灯式的文论》（《改造》2月号）
《有花的照片》（《文学时代》4月号）
《我的标本室》（收有超短篇小说47篇，新潮社4月出版）
《浅草》（收入《日本地理大系》，改造社4月出版）
《〈鬼熊〉之死与舞女》（《改造》5月号）

《鸡和舞女》（《文学时代》5月号）

《新兴艺术派的作品》（《文学时代》6月号）

《新人才华》（《新潮》6月号）

《作家和作品》（《作品》7月号）

《关于风铃王在美国》（《中央公论》7月号）

《仲夏的盛装》（《朝日周刊》7月）

《文坛散见》（《文艺春秋》9月号）

《文艺时评》（《读卖新闻》9月号）

《新声》（《文学时代》10月号）

《评九月份的作品》（《新潮》10月号）

《针、玻璃与雾》（《文学时代》11月号）

《昭和五年的艺术派作家及作品》（《新潮》12月号）

1931年　32岁

1月，《改造》杂志发表《水晶幻想》，这是川端采用意识流手法写的新心理主义作品。

9月，“九一八事变”爆发。

本年发表的主要作品：

《浅草日记》（《朝日周刊》1月，《新潮》2月号）

《雾的假花》（《妇女俱乐部》2月号）

《秘密的秘密》（《讲谈俱乐部》2月号）

《伊豆序说》（《日本地理大系》，改造社2月出版）

《出卖女人的女人》（《每日周刊》3月）

《二月份创作的印象》（《近代生活》3月号）

《艺术派·明日的作家》（《读卖新闻》4月）

《文艺时评》（《朝日新闻》5月）

《上野之春》（《改造》5月号）

《狗的时髦》（《近代生活》5月号）

《铁的梯子》（《青草》8月号）

《代序·信》（《梶野弗利歌舞团脚本集》，内外社9月出版）
《水仙》（《新潮》10月号）
《文艺时评》（《中央公论》10月号）
《梶野弗利歌舞团的纠纷》（《近代生活》10月号）
《结婚的技巧》（《妇女画报》11月号）
《落叶》（《改造》12月号）
《1931年创作界的印象》（《新潮》12月号）

1932年　33岁

为将舞女梅园龙子培养为芭蕾舞演员，时时观看舞蹈演出，为日后创作《花的圆舞曲》等作品积累素材。

本年发表的主要作品：

《旅人》（《新潮》1月号）
《给父母的信》（由《青草》《文艺》等发表，1月—1934年1月）
《菊池宽先生的家》（《文艺春秋》1月号，该社十周年纪念专刊）
《抒情歌》（《中央公论》2月号）
《睡眠时的习惯》（《妇女画报》2月号）
《我犬记》（《改造》2月号）
《以作品为线索》（《新潮》2月号）
《菊池宽先生的〈胜负〉和直木三十五先生的〈青春行状记〉》（《读卖新闻》2月）
《陌生的姐姐》（《现代》3月号）
《爱情之源》（《妇女画报》3月号）
《文艺时评》（《改造》3月号）
《短篇集》（收有《化妆》《面孔》等小小说，《文艺春秋》4月号）
《文艺时评》（《朝日新闻》4—5月）
《结婚的眼》（《妇女世界》4月号）
《舞会之夜》（《新潮》5月号）
《浅草的八哥》（《摩登日本》6—12月）

《藏起来的女人》（《新潮》8月号，1934年1月号）
《文艺时评》（《读卖新闻》8月）
《化妆与口哨》（《东京朝日新闻》9—11月）
《慰灵歌》（《改造》10月号）
《文艺时评》（《新潮》10月号）
《文艺时评》（《读卖新闻》11月）

1933年　34岁

2月，《伊豆舞女》被搬上银幕。
2月20日，小林多喜二被捕，受酷刑拷打致死。无产阶级文学运动遭到破坏。
10月，《文学界》创刊，川端为编辑同人。
本年发表的主要作品：
《我的舞姬记》（《改造》1月号）
《二十岁》（《改造》2月号）
《爱犬家须知》（《妇女世界》3月号）
《睡容》（《文艺春秋》4月号）
《致新进作家的信》（《读卖新闻》4月）
《做父亲》（《朝日周刊》4月）
《〈伊豆舞女〉搬上银幕之际》（《今日文学》4月号）
《同作家旅行》（《青草》5月号，《黄道》5月号）
《自由主义作品一例》（《文化集团》6月号）
《文艺时评》（《新潮》6—7月号）
《禽兽》（《改造》7月号）
《上总兴津抄》（《文艺首都》10月号）
《秋风中的妻子》（《朝日周刊》10月）
《香消玉殒》（《改造》11月号）
《文艺时评》（《读卖新闻》11月）
《日本犬和蹩脚货》（《文学界》11—12月号）
《临终之眼》（《文艺》12月号）

1934年　35岁

1月，警保局长松本学发起成立右翼团体“文艺恳谈会”，企图由官房统制文化界，颇招物议。川端康成同横光利一、德田秋声、广津和郎、宇野浩二、岛崎藤村、佐藤春夫、山本有三等22名作家入会。

8月，收到爱好文学的麻风病患者北条民雄的信，此后时有书信来往。将其作品《间木老人》《生命的初夜》推荐给《文学界》发表。1937年北条民雄去世后，川端于1938年为其编辑全集二卷。1941年创作的小说《寒风》即写北条民雄的事迹。

12月，去越后旅行。开始执笔创作《雪国》。

本年发表的主要作品：

《何谓文艺复兴》（《报知新闻》1月）

《梦幻的姐姐》（《朝日周刊》1月）

《池谷信三郎素描》（《帝国大学新闻》1月）

《文艺时评》（《改造》2月号）

《面容开朗的死》（《文艺春秋》2月号，亦名《悼念池谷信三郎》）

《虹》（由《中央公论》《文艺》等刊发，3月—1936年4月）

《关于新作家》（《读卖新闻》3月）

《广告照片》（《朝日周刊》4月）

《文学自传》（《新潮》5月号）

《直木三十五》（《文艺》5月号）

《作家和作品》（《中央公论》6月号）

《舞蹈界我见》（《舞台舞蹈》春季版）

《南方的火》（《文学界》7月号，未完）

《今日之作家》（《改造》7月号）

《俗论》（《时事新报》7月）

《故乡的舞蹈》（《朝日周刊》7月）

《文艺时评》（《东京日日新闻》7月）

《水上情死》（《摩登日本》8—12月号）

《矢田津世子》（《文学界》8月号）

《浅草祭》（《文艺》9月号—1935年2月号，《文学界》1935年3月号）
《梶井基次郎》（《翰林》9月号）
《扉》（《改造》10月号）
《文艺时评》（《朝日新闻》9月）
《文艺时评》（《行动》10月号）
《朝鲜舞蹈家崔承喜》（《文艺》11月号）
《姐姐的和解》（《妇女俱乐部》12月号）
《关于〈转陀螺〉》（《读卖新闻》12月）

1935年　36岁

1月，《文艺春秋》设立“芥川奖”与“直木奖”，川端为评奖委员。
《雪国》作为独立的短篇，开始分别刊载于各大报刊。《暮景中的镜子》发表于《文艺春秋》1月号，《白色的晨镜》由《改造》1月号发表，《徒劳》则登在《日本评论》12月号上。小说获得好评。
秋天，为续写《雪国》，第三次前往越后。
12月，迁居镰仓，为其终生定居之地。
《浅草的姐妹》《舞姬之历》被搬上银幕。
本年发表的主要作品：
《偶人出世》（《现代》1月号）
《横光利一》（《行动》1月号）
《二黑》（《中央公论》1月号）
《爱犬安产》（《东京日日新闻》1月）
《舞姬之历》（由《福冈日日新闻》《河北新报》等连载，1—3月）
《选后有感》（《橄榄树》2月号）
《文艺时评》（《新潮》2月、3月号）
《文艺杂感》（《读卖新闻》4月）
《乡间计》（《中央公论》5月号）
《文艺时评》（《文艺春秋》6—12月号）
《纯粹的声音》（《妇女公论》7月号）

《“纯粹小说”和通俗小说》（《新潮》7月号）
《小鸟的趣味》（《报知新闻》8月）
《致女作家的信》（《文艺》8月号）
《文艺的叛逆》（《文艺》9月号）
《同成濑巳喜男导演问答记》（《读卖新闻》10月）
《就芥川奖致太宰治》（《文艺通信》11月号）
《旅行中读文学作品有感》（《东京朝日新闻》11月）
《纯文艺杂志还原论》（《读卖新闻》12月）
《弟弟的爱犬》（《少女俱乐部》12月号）
《文艺时评》（《中外商业新报》12月）

1936年　37岁

1月，《文艺恳谈会》创刊，为该刊同人。
5月，为《文艺恳谈会》编辑《日本古典文艺与现代文艺》专刊。
这一年设立了“新潮文学奖”和“池谷信三郎奖”，川端为两项奖的评选人之一。
小说《谢谢》被搬上银幕。

本年发表的主要作品：

《紫外线杂谈》（《文艺恳谈会》1月号）
《意大利之歌》（《改造》1月号）
《有感于斯》（《文艺春秋》1月号）
《自我小说的文艺批评》（《文学界》1月、2月号）
《花的湖》（《青草》1—6月号）
《关于文学界奖》（《读卖新闻》1月）
《北条民雄》（《大阪朝日新闻》2月）
《关于〈谢谢〉制成影片》（《文艺通信》3月号）
《花的圆舞曲》（《改造》4月、5月号，《文学界》7月号，《文艺》1937年1月号）
《关于〈仙鹤病了〉的作者》（《文学界》6月号）

《小说研究》（《新思想艺术丛书》，第一书房8月出版）

《茅草花》（《中央公论》8月号，《雪国》续）

《悼念南部修太郎》（《三田文学》8月号）

《芥川奖预选记》（《文学界》9月号）

《火枕》（《文艺春秋》10月号，《雪国》续）

《父母》（《改造》10月号）

《日本文化的现状》《轻井泽通信》（《文学界》10月号）

《日本旅愁》（《东京朝日新闻》11月）

《兑换钞票的日子》（《文学界》11月号）

《夕晖少女》（《333》12月号）

《平稳温泉通信》（《文学界》12月号）

《女性开眼》（《报知新闻》12月—1937年7月）

1937年　38岁

5月，《雪国》连载过程中，报刊上发表的有关评论由创元社辑录成小册子《关于〈雪国〉的各家评论》。

6月，《雪国》经补充修订，由创元社出版。

7月，《雪国》获“文艺恳谈会奖”。所获奖金，在轻井泽购置别墅一幢。此后每年夏天均在轻井泽避暑，因此创作了《牧歌》《高原》等。

在文化学院暑期讲座演讲，题为“文学”。

日本发动全面侵华战争。

本年发表的主要作品：

《初雪》（《朝日周刊》1月）

《北条民雄的〈生命的初夜〉跋》《中岛直人的〈夏威夷的故事〉序》（《文学界》1月号）

《拍球歌》（《雪国》续，《改造》5月号）

《日本舞之日》（《文学界》5月号）

《十一谷义三郎》（《中央公论》5月号）

《少女的港》（《少女之友》6月—1938年3月）

《牧歌》（《妇女公论》6月—1938年12月）
《镰仓的阿尔卑斯山》（《东京朝日新闻》神奈川版，7月）
《山中湖畔》（《野鸟》8月号）
《高原》（由《文艺春秋》《改造》等刊载，11月—1939年12月）
《在户隐山》（《文学界》11月号）
《评长篇小说》（《朝日新闻》12月）

1938年　39岁

4月，《川端康成选集》全九卷由改造社出版，至1939年12月出齐。
6—12月，观看围棋国手秀哉棋坛告别赛，将其观感写成《本因坊秀哉名人棋坛告别赛观战记》，由《东京日日新闻》《大阪每日新闻》连载，而后几经改写为小说《名人》。
10月，任“日本文学振兴会”理事。
本年发表的主要作品：
《插花》（《中央公论》1月号）
《追悼记序》（《文学界》2月号，悼念北条民雄专辑）
《新万叶集》（《东京朝日新闻》2月）
《人间的星》（《三十日》2月号）
《关于北条民雄的遗稿》（《文学界》3月号）
《金块》（《改造》4月号）
《本因坊秀哉名人棋坛告别赛观战记》（《东京日日新闻》《大阪每日新闻》7—12月）
《爱》（《大众读物》9月号，《新女苑》1939年1月号）
《文艺时评》（《朝日新闻》9月、11月）
《我写围棋观战记》（《文学界》10月号）
《百日堂先生》（《文艺春秋》10月号）

1939年　40岁

2月，任“菊池宽奖”评选委员。

5月，与大宅壮一、坪田让治等组织“少年文学恳谈会”。为编选《模范作文全集》大量阅读小学生作文。

冬天，住在热海。

《女性开眼》被搬上银幕。

本年发表的主要作品：

《故人之园》（《大陆》2月号）

《木曾马笼》（《新风土》2月号）

《观战记》（《木谷·吴三轮大棋战》，《东京日日新闻》2—3月）

《花菖蒲》（《东京日日新闻》3月）

《冈本加乃子》（《文学界》4月号，《日本评论》7月号）

《美丽的旅行》（《少女之友》7月—1941年4月）

《关于作文》（《文学界》8月号）

《美人竞争》（《大众读物》10月号）

《母亲也能读》（《文艺》10月号—1940年1月号）

1940年　41岁

1月，为写《美丽的旅行》参观聋哑学校。

10月，发起成立“日本文学家会”。

为写《旅行的诱惑》前往三岛、兴津、静冈等地旅行。

本年发表的主要作品：

《正月初三》（《中央公论》1月号）

《旅店》（《文艺春秋》1月号）

《母亲的初恋》（《妇女公论》1月号）

《女人的梦》（《妇女公论》2月号）

《关于冈本加乃子的〈女体开显〉》（《日本评论》2月号）

《恶妻的信》（《妇女公论》3月号）

《午夜掷骰子》（《妇女公论》5月号）

《燕子童女》（《妇女公论》6月号）

《夫唱妇随》（《妇女公论》7月号）

《山雀》（《文艺春秋》7月号）

《旅途通信》（《文学界》7月号）

《四张桌子》（《读卖新闻》7月）

《一个孩子》（《妇女公论》8月号）

《过去的人》（《妇女公论》11月号）

《岁暮》（《妇女公论》12月号）

《雪中大火》（《雪国》续，《公论》12月号）

《秋山居》（《大众读物》12月号）

1941年　42岁

4月，与吴清源、村松梢风同到中国东北旅行一个半月。在哈尔滨与一行人分手，经承德入北平。

9月，同改造社社长山本实彦、评论家大宅壮一等人再次来到中国东北。参观黑河、哈尔滨后，独自在沈阳、北平各逗留月余。大战在即，遂于12月由大连回国。抵日后，不日即爆发太平洋战争。

本年发表的主要作品：

《假眼》（《文艺春秋》1月号）

《寒风》（《日本评论》1月号，《改造》3月号及1942年4月号）

《〈心与形〉序》（《文学界》1月号）

《朝云》（《新女苑》2月号）

《现代丛书》之十一：《小说的构成》（《三笠书房》7月出版）

《银河》（《雪国》续，《文艺春秋》8月号）

1942年　43岁

8月，季刊《八云》创刊，川端任编辑，岛崎藤村、志贺直哉、武田麟太郎等为同人。

10月，受“文学报国会”派遣，出访长野县一农家。

本年发表的主要作品：

《名人》（《八云》第一辑）

《日本的母亲》（《读卖报知》10月）

1943年　44岁

3月，回故乡，将表兄黑田秀孝的三女麻纱子收为养女，以此为题材，写成《故园》。

本年发表的主要作品：

《父亲的名字》（《文艺》2月、3月号）

《石榴》（《新潮》5月号）

《故园》（《文艺》5月号—1945年1月号，时断时续，共登11回，未完）

《昭和文学作家论》（下卷序）（小学馆6月出版）

《夕阳》（《日本评论》8月—1944年3月）

《大地的孩子们》（《妇女公论》10月号）

1944年　45岁

4月，《故园》与《夕阳》获“菊池宽奖”。

7月，改造社解散，《改造》停刊。《中央公论》亦停刊。

大战时期，以阅读《源氏物语》等古典名著自娱。

本年发表的主要作品：

《珍珠船》（《读书人》3月）

《一草一花》（《文艺春秋》7月号）

《故里》《水》（《摄影周报》10月）

1945年　46岁

4月，被征入海军报道班，派往鹿儿岛县鹿屋海军航空队特攻基地，采访约一月，写成小说《生命的树》。

5月，与久米正雄、小林秀雄、中山义秀、高见顺等住在镰仓的作家，开设镰仓文库租书铺。

8月，日本投降，战争结束。

作家岛木健作病殁于镰仓养生院。川端在《悼念岛木健作》中写道：“我虽生犹死，除却颂赞可悲的日本的美之外，不会再写一行字了。”

9月，镰仓文库租书铺改为出版社，川端任董事。

本年发表的主要作品：

《告别前后》（《新文学》3月号）

《冬之曲》（《文艺》4月号）

《悼念岛木健作》（《新潮》11月号）

1946年　47岁

1月，镰仓文库创办杂志《人间》。《中央公论》《改造》复刊。

三岛由纪夫访川端，川端将三岛的小说《烟草》推荐给《人间》，发表于6月号。

3月，武田麟太郎去世，川端致悼词。

4月，与大佛次郎、岸田国士等人成立“红蜻蜓会”，协助藤田圭雄编辑儿童刊物《红蜻蜓》，负责挑选小学生作文。

7月，“日本文艺家协会”重新成立。

本年发表的主要作品：

《女人的手》（《人间》1月号）

《感伤的塔》（《世界文化》2月号）

《重逢》（《世界》2月号、《文艺春秋》7月号）

《插话》（《新潮》2月号，后改名为《五角钱银币》）

《武田麟太郎悼词——献给亲爱的灵魂》（《东京新闻》4月）

《雪国抄》（《雪国》续，《晚钟》5月号）

《武田麟太郎和岛木健作》（《人间》5月、7月号，《风雪》1949年3月号）

《生命之树》（《妇女文库》7月号）

《山茶花》（《新潮》12月号）

1947年　48岁

2月，“日本笔会”重新成立。

10月，《哀愁》一文由《社会》发表，表明战后初期的心境：“战争失败后，我只能回到日本自古以来的悲哀之中。”这一时期对古董发生兴趣。

《小说新潮》刊载《续雪国》；《雪国》自1935年执笔以来，长达12年，终于完成。

12月，与其并称为“新感觉派”双璧之一的横光利一逝世。

本年发表的主要作品：

《现行汉字与现代假名用法》（《人间》2月号）

《高浜虚子的〈虹〉和〈爱居〉》（《人间》4月号）

《我所喜爱的文章》（《白鸟》11月号）

《梦》（《妇女文库》11月、12月号）

1948年　49岁

1月，横光利一葬礼上宣读悼词。

3月，菊池宽逝世。

5月，继志贺直哉就任“日本笔会”第四任会长。

为新潮社出版《川端康成全集》十六卷本，提供日记、书简，撰写前言、后记、解说等，日后汇集整理为《独影自命》一书，收入新潮社第三次编辑出版的全集。

11月12日，旁听对日本战犯的东京大审判。

12月，《雪国》由创元社出版。

本年发表的主要作品：

《未亡人》（《改造》1月号）

《再婚者的手记》（《新潮》1—8月号，1952年1月号，后改名为《再婚者》）

《悼念横光利一》（《人间》2月号）

《红梅》（《小说新潮》4月号）

《少年》（《人间》5月号—1949年3月号）

《布袜》（《生活手记》第1期，9月）

《信》（《风雪别册》10月，后改名为《反桥》）

《生死之间的老人们》（《读卖新闻》11月，后改名为《东京审判的老人们》）
《浮舟》（《镜》12月号）

1949年　50岁

改造社设“横光利一奖”，文艺春秋社恢复“芥川奖”，川端任这两项文学奖的评奖委员。
5月，开始陆续发表《千鹤》。
9月，《山之声》（又译《山音》）亦分别在各杂志上连载。
此外，还同时连载以少女为题材的小说，创作进入多产时期。
代表“日本笔会”向国际笔会第21届威尼斯大会致贺电。
11月，应广岛市邀请，同作家丰岛与志雄、评论家青野季吉前往广岛参观原子弹受害情况。

本年发表的主要作品：

《阵雨》（《文艺往来》1月号）
《判决记》（《社会》1月号，后改名为《东京审判判决之日》）
《给活着的人》（《新闻旬刊》1月）
《松鸦》《夏和冬》（《改造文艺》1月号）
《新文章讲座》（《文艺往来》2—10月号，共载六次，1950年11月出版，改名为《新文章读本》）
《住吉物语》（《个性》4月号，后改名为《住吉》）
《下雨的日子》（《素直》5月）
《千鹤》（自5月起，分别刊载于《时事读物副刊》等杂志，直至1951年10月载完）
《肩扛先生的灵柩》（《东光少年》6月号）
《山音》（《改造文艺》9月号，后分载于各文艺刊物，直至1954年4月载完）
《拣骨记》（《文艺往来》10月号）
《关于横光君未发表的作品》（《改造文艺》10月号）

1950年　51岁

4月，同笔会会员一起前往长崎、广岛，参观原子弹受害地区。

镰仓文库倒闭。

本年发表的主要作品：

《抱琴》（《改造文艺》1月号）

《天赐之子》（《文学界》2月、3月号）

《彩虹几度》（《妇女生活》3月号—1951年4月号）

《竹叶舟》（《改造文艺》4月号）

《卵》《瀑布》（《人间》5月号）

《地狱）（《文艺春秋副刊》5月）

《蛇》（《文艺》7月号）

《舞姬》（《每日新闻》12月—1951年3月）

《来自北海》（《文艺春秋副刊》12月）

《关于美》（《妇女文库》12月）

1951年　52岁

10月，和立野信之陪同片冈铁兵夫人前往冈山县，参加片冈铁兵胸像落成典礼。

《舞姬》被搬上银幕。

本年发表的主要作品：

《颈圈》（《新潮》1月号）

《路易》（《中央公论）1月号）

《关于〈浅草红团〉》（《文学界》5月号）

《琼音》（《文艺春秋副刊》5月）

《菖蒲之歌》（《大众读物》8月号）

《名人》（《新潮》8月号—1954年5月号）

《林芙美子的信》（《文学界》8月号，《悼念林芙美子》专辑）

《我的信条》（《世界》8月号）

《第三个人》（《中央公论文艺专号》9月）

1952年　53岁

2月，《千鹤》由筑摩书房出版，获1951年“年度艺术院奖”。

10月，应大分县邀请，前往九州旅行，跋涉九重高原，翌年6月重游，为《千鹤》续篇《碧波千鸟》取材。

《浅草红团》《千鹤》被搬上银幕。

本年发表的主要作品：

《岩上菊花》（《文艺》1月号）

《正月》（《文艺春秋副刊》1月）

《岁月》（《妇女公论》1月—1953年5月）

《冬日的半天》（《中央公论文艺专号》1月）

《月下之门》（《新潮》2—11月号，共载七回）

《白雪》（《文艺春秋副刊》2月）

《新文章论》（《文学界》4月号）

《某月初三》（《草月》6月）

《自然》（《文艺春秋》10月号）

《明月》（《文艺》11月号）

《富士初雪》（《大众读物》12月号）

1953年　54岁

5月，堀辰雄去世，川端任治丧委员会主席。

11月，与永井荷风、小川未明同时被选为艺术院会员。

夏天，随角川书店一行前往九州讲演旅行。

《山音》《浅草故事》被搬上银幕。

本年发表的主要作品：

《爱说话的人》（《群像》1月、3月、5月、8月号）

《百日堂先生》（《新女苑》1月号）

《河畔城镇》（《妇女画报》1—12月号）

《作家一席谈》（《文学》3月号）

《无言》（《中央公论》4月号）

《碧波千鸟》（《小说新潮》4月号—1954年7月号）
《堀辰雄葬礼悼词》（《文艺》8月号）
《吴清源谈棋》（《读卖新闻》8—12月）
《这里那里》（《大众读物》9月号）
《水月》（《文艺春秋》11月号）

1954年　55岁

4月，《山音》由筑摩书房出版，12月获“第七届野间文学奖”。《伊豆舞女》《山音》《母亲的初恋》先后被搬上银幕。

本年发表的主要作品：

《湖》（《新潮》1—12月号）
《小春日》（《文艺》1月号）
《古贺春江和我》（《艺术新潮》3月号）
《小巷》（《文艺春秋副刊》4月）
《悼念岸田先生》（《文艺》5月号）
《东京人》（5月—1955年10月，连载于《北海道新闻》等）
《离合》（《知性》8月号）

1955年　56岁

1月，舞剧《故乡之声》被搬上舞台。长篇小说《河畔城镇》被搬上银幕。《伊豆舞女》由美国学者塞登斯蒂克译成英文，发表在《大西洋月刊》日本专号上。

本年发表的主要作品：

《一个人的生存》（《文艺》1月—1957年3月）
《少女A子》（《文艺春秋副刊》2月）
《故乡》（《新潮》4月号）
《多年生》（《大众读物》4月号）
《坂口安吾悼词》（《文艺》4月号）
《编造梦境的小说》（《文艺春秋》5月号）

《〈悲哀的代价〉及其他》（《文艺》增刊《横光利一读本》5月）
《悼念丰岛与志雄》（《新潮》8月号）

1956年　57岁

1月，发生匈牙利事件，川端代表“日本笔会”致慰问电。
新潮社开始出版《川端康成选集》十卷本。
2月，《彩虹几度》被搬上银幕。
4月，大长篇《东京人》被搬上银幕。
美国出版塞登斯蒂克译《雪国》。
德国出版八代佐知子译《千鹤》。
本年发表的主要作品：
《晚霞》（《中央公论》1月号）
《水滴》（《新潮》1月号）
《邻居》（《小说新潮》1月号，原名《这方那方》）
《掉包》（《大众读物》3月号）
《生为女人》（《朝日新闻》3—11月）
《狮子与少女》（《文艺春秋副刊》3月）
《某日》（《文学界》9月号）

1957年　58岁

3月，为出席国际笔会执行委员会访欧，松冈洋子同行。会见法国作家莫里亚克、英国诗人艾略特。会后前往英国、法国、西德、意大利、丹麦等国，邀请各国作家参加国际笔会东京大会。5月回国。
4月，《雪国》被搬上银幕。
9月2日，第29届国际笔会于东京开幕，8日在京都闭幕。川端为本届大会执行主席。
德、意等国先后翻译出版《雪国》。
本年发表的主要作品：
《东西文化的桥梁》（《读卖新闻》1月）

《有风的路》（《妇女画报》1月—1959年7月）
《罗马假日》（《朝日新闻》4月）
《巴黎的橱窗模特儿》（《朝日新闻》5月）
《欧洲》（《新潮》8月号）
《国际笔会东京大会开幕词》（《新潮》10月号）

1958年　59岁

2月，任国际笔会副会长。
3月，为表彰川端在举办国际笔会东京大会时所做的努力及取得的成功，日本文学振兴会授予其“菊池宽奖”。
6月，前往冲绳旅行。
11月，患胆囊炎，入东大医院，翌年4月出院。
芬兰翻译出版《雪国》。
《生为女人》被搬上银幕。
本年发表的主要作品：
《弓浦市》（《新潮》1月号）
《林荫树》（《文艺春秋》1月号）
《壮夫不为》（《新潮周刊》1月）
《线路》（《日本》3月号）
《两人》（《小说公园》临时增刊，4月号）

1959年　60岁

5月，出席法兰克福第30届国际笔会。因《雪国》《千鹤》英译获得好评，以及东京大会所取得的成功，德国授予其“歌德奖章”。
9月，《有风的路》被搬上银幕。
11月，新潮社出版十二卷本《川端康成全集》。
美国出版塞登斯蒂克译《千鹤》。
本年发表的主要作品：
《景仰大诗人》（《中央公论》7月号，悼念永井荷风专号）

《旧日记》（《新潮》9—12月号）

1960年　61岁

去冬今春屡访京都、奈良。

法国政府授予“文化艺术骑士勋章”，翻译出版《雪国》《千鹤》。

5月，应邀访美。

7月，出席里约热内卢·圣保罗第31届国际笔会。

《伊豆舞女》被第三次搬上银幕。

本年发表的主要作品：

《睡美人》（《新潮》1月号—1961年11月号）

《菊池先生和我》（《每日新闻》3月）

《美国之行》（《朝日新闻》7月）

《巴西之行》（《朝日新闻》8月）

《香艳的姑娘》（《中央公论》11月号）

1961年　62岁

11月，日本政府授予文化勋章。

为创作《美丽与悲哀》《古都》，多次去京都等地旅行。

荷兰翻译出版《千鹤》。

南斯拉夫翻译出版《雪国》《千鹤》。

本年发表的主要作品：

《美丽与悲哀》（《妇女公论》1月—1964年3月）

《岸惠子女士的婚礼》（《风景》1—5月、7—9月）

《关于青野先生》（《东京新闻》8月）

《有马稻子》（《朝日新闻》10月）

《古都》（《朝日新闻》10月—1962年1月）

1962年　63岁

1月，因长期服用安眠药成瘾，写作《古都》期间尤甚。小说结束后，一旦停服，出现药物反应，当即入东大医院，昏迷十余日。
4月，《古都》被搬上舞台。
10月，参加“呼吁世界和平七人委员会”。
11月，《睡美人》获“每日出版文化奖”。
西班牙翻译出版《千鹤》。
本年发表的主要作品：
《写完〈古都〉之后》（《朝日新闻》1月）
《矜夸十说》（《每日新闻》8月）
《落花流水》（《风景》10月—1964年12月）
《秋雨》《信》《邻居》《树上》《骑马装》（《朝日新闻》广告版，11—12月）

1963年　64岁
4月，设立日本近代文学馆，任该馆监事及近代文学博物馆委员长。
《古都》被搬上银幕。
《雪国》由荷兰翻译出版。
本年发表的主要作品：
《在人间》（《文艺春秋》2月号）
《不死》《月下美人》《地》《白马》（《朝日新闻》广告版，7—8月）
《玉臂》（《新潮》8月号—1964年1月号）

1964年　65岁
尾崎士郎、佐藤春夫先后于2月、5月逝世，川端为二者致悼词。
6月，出席奥斯陆第32届国际笔会，绕道欧洲，于8月回国。
本年发表的主要作品：
《雪》（《日本经济新闻》1月）
《蒲公英》（《新潮》6月号—1968年10月号，未完）
《佐藤春夫悼词》（《文艺》7月号）
《巴黎的乡愁》（《朝日新闻》广告版，9月）

《难得的人》（《朝日新闻》广告版，11月）

1965年　66岁

4月，电视连续剧脚本《琼音》完成，由日本广播协会播放。

8月，谷崎润一郎、高见顺逝世，川端任治丧委员长，致悼词。

10月，辞去“日本笔会”会长一职，由芹泽光治良接任。

11月，赴伊豆汤岛温泉，参加“伊豆舞女”文学碑落成典礼。

《美丽与悲哀》被搬上银幕。

波兰翻译出版《雪国》。

意大利、芬兰、南斯拉夫翻译出版《千鹤》。

本年发表的主要作品：

《即将成立的近代文学馆和博物馆》（《每日新闻》4月）

《加贺茉莉子》（《日生剧场节目单》6月）

《琼音》（《小说新潮》9月号—1966年3月号，未完）

1966年　67岁

1—3月，患肝炎，入东大医院。

4月，“日本笔会”表彰其多年功绩，赠以高田博厚所做半身塑像。

丹麦、瑞典翻译出版《千鹤》。

《湖》被搬上银幕。

本年发表的主要作品：

《美智子妃殿下》（《东京新闻》1月）

《新年贺词》（《朝日新闻》1月）

1967年　68岁

4月，日本近代文学馆开馆，任名誉顾问。

8月，任日本万国博览会政府出展恳谈委员会委员。

12月，赴北海道旅行。

养女麻纱子同山本香男里结婚，继承川端姓氏。

本年发表的主要作品：

《巨树》（《小说新潮》1月号）

《旅行通信抄》（《批评》4月）

《座谈会：我们为什么发表声明》（《中央公论》5月号）

《一草一花》（《风景》5月—1969年1月）

1968年　69岁

2月，在《关于非核武装问题致国会议员请愿书》上签名。

6月，参加日本文化会议。

6—7月，川端声援今东光竞选参议员，任竞选秘书长，并随同走上街头。

10月17日，瑞典科学院决定授予川端本年度“诺贝尔文学奖”。

12月10日，出席斯德哥尔摩“诺贝尔文学奖”授奖仪式。

12月12日，在瑞典科学院发表演说，题为“日本的美与我”。

12月，被选为茨木市荣誉市民。

德国出版《川端选集》，收有《伊豆舞女》《雪国》《千鹤》。

《睡美人》被搬上银幕。

本年发表的主要作品：

《与〈文艺春秋〉有缘分的人》（《文艺春秋》6月号）

《竞选秘书长奋战记》（《文艺春秋》9月号）

《在秋天的原野上》（《新潮》12月号）

《在茨木市》（《新潮日本文学全集》卷15月报，12月）

《日本的美与我》（《朝日新闻》12月16日）

1969年　70岁

1月，自欧洲获奖归来，接受国会两院的祝贺。

3月，赴檀香山，在夏威夷大学讲授日本文学。

4月，美国授予“文艺科学院名誉会员”。

4—6月，每日新闻社在东京、大阪、福冈、名古屋举行“川端康成展”。因展览事宜，4月11日临时回国。

4月，越南禁止发行《千鹤》，经删节后出版。

5月，在夏威夷大学发表讲演《美的存在与发现》。

夏威夷大学授予“文学名誉博士”称号。

6月，由夏威夷回国后，被推选为“镰仓名誉市民”。

7月，日驻英使馆举办“川端康成展”。

9月，作为文化使节前往旧金山，参加“日本周”，发表讲演《日本文学之美》。

10月，出席母校茨木中学“以文会友”文学碑落成典礼。

11月，伊藤整去世，任文学三团体联合治丧委员会主任。

新潮社开始出版十九卷本《川端康成全集》。

瑞典翻译出版《睡美人》，同时收有《玉臂》《禽兽》。

西班牙翻译出版《山音》。

匈牙利公开发行《雪国》匈文版。

本年发表的主要作品：

《夕照的原野》（《新潮》1月号）

《夏威夷通信》（《朝日新闻》4月）

《美的存在与发现》（《每日新闻》5月）

《夜之虹》（《朝日新闻》6月）

《日本文学之美》（《每日新闻》9月）

《明晰与沉着》（《文艺春秋》10月号）

《日本美的展开》（《世界文化史迹》卷8）

1970年　71岁

5月，“川端康成文学研究会”成立，久松潜一任会长。

6月，出席中国台北召开的亚洲作家会议，发表演说。

6月末，出席国际笔会第38届汉城大会，在开幕式上致贺词。

7月，汉阳大学授以“名誉文学博士”称号。

9月，赴金泽参观石川近代文学馆举办的“德田秋声展”。

美国出版塞登斯蒂克译《山音》，获1971年“全美图书大奖”。

西德将《伊豆舞女》收进袖珍本文库。

本年发表的主要作品：

《伊藤整》（《新潮）1月号）

《老鹰飞翔的西天》（《新潮》3月号）

《长发》（《新潮》4月号）

《竹声桃花》（《中央公论》12月号）

1971年　72岁

1月，任三岛由纪夫治丧委员长。三岛由纪夫于上年11月在自卫队市谷驻地剖腹自杀。

3—4月，全力支持秦野章竞选东京都知事。

9月，“呼吁世界和平七人委员会”发出恢复日中邦交倡议书。

10月，立野信之、志贺直哉逝世。受立野临终之托，为筹备翌年在日举行日本学国际会议而四处奔走。

12月，任日本近代文学馆名誉馆长。

法国翻译出版《古都》。

本年发表的主要作品：

《三岛由纪夫》（《新潮》1月号）

《因此我支持》《东京都知事选举记》（《每日新闻》4月）

《献词》（“川端康成作品展”5月）

《书法》（《新潮》4月、5月号）

《隅田川》（《新潮》11月号）

《东山魁夷代表画集序》（集英社11月）

《志贺直哉》（《新潮》12月号—1972年3月号）

1972年　73岁

1月5日，在文艺春秋社做最后一次演讲，题为“希望做个新作家”。

去樱井市“万叶碑”揭幕归来后，自称“身体不适”。

1—2月，手抄《雪国》。

3月8日，患急性阑尾炎入院做手术，17日出院。

4月16日夜，在逗子玛丽娜公寓417号房间内，以煤气自杀，没有遗书。

4月18日，未发讣告，于镰仓长谷自宅发丧。

5月27日，“日本笔会”“日本文艺家协会”“日本近代文学馆”三团体联合组成治丧委员会，在青山殡仪馆举行丧礼，由芹泽光治良主持。今东光授戒名：文镜院殿孤山康成大居士。

6月3日，葬于镰仓灵园。

9月，近代文学馆举办“川端康成展——艺术及生涯”，在东京等地巡回展出。

10月，设立“川端康成纪念会”，井上靖任理事长。

11月，日本近代文学馆内开设“川端康成纪念室”。

本年发表的主要作品：

《梦如幻影》（《文艺春秋》2月号）

《献给〈悲哀的琴〉》（《文艺春秋》3月号）

《冈本加乃子》（《朝日新闻》等4月17日）

《致三岛由纪夫的信》（《波》6月号）

《黄铜大黑像》《出产的神圣》《生活的内幕》《夏·逗子·镰仓·海》

《友人之妻》（《新潮》10月号）

1973年3月，“川端康成纪念会”设“川端康成文学奖”。

1976年5月，镰仓长谷川端宅邸内，川端纪念馆落成，对外开放。

编后记

魏大海

川端康成是20世纪日本文学界最重要的作家之一，日本第一位、亚洲第二位诺贝尔文学奖获得者，曾任“日本笔会”会长、国际笔会副会长，且实至名归。川端康成也被称为活跃于大正、昭和时代并置身于近现代日本文学顶点的作家，他以卓绝的感受性表现了日本人的心灵精髓，给世界各国读者留下深深的感铭（诺贝尔文学奖获奖理由）。还有一个名头值得一提，川端康成是日本“新感觉派”文学的代表作家。20世纪初，他与横光利一联袂创刊了《文艺时代》杂志，并借鉴西方的先锋派思潮，创立了日本“新感觉派”文学。两人在欧洲达达主义的影响下，在“艺术革命”为指向的前卫运动触发下，使《文艺时代》成为昭和文学的两大潮流之一（另一个是同年六月无产阶级文学创刊的《文艺战线》）。但“新感觉派”文学在日本文坛只是一个短暂的文学现象。后期川端更多体现的是日本式唯美主义特征，小说富于诗性、抒情性，也有庶民性色彩浓重的作品（《浅草物语》），且有“魔术师”之谓，即衍化、发展了少女小说等样式。后期川端的许多作品追求死与流转中的“日本美”，有些将前卫性融入传统的连歌，逐渐确立起融合传统美、魔界、幽玄和妖美的艺术观或世界观。默然凝视，对人间的丑恶、无情、孤独与绝望有着透彻的认识，在此基础上不懈地探究美与爱的转换，将诸多璀璨的名作留在了文学史中。亦有观点认为，新感觉派时代的川端康成与其说是小说家，不如说是理论家，从其种种言说可以看出，那是哲学、美学或西洋式理念的融合物，其中有克罗齐的“形象即表现即艺术”，也有精神分析学的“自由联想”，川端康成也曾对当时日本文坛具有强大影响力的自然主义文学进行了批判，称之为过时的客观主义。他在《文坛的文学论》中呼吁，当今世界追求的是伟大的新的常识，即所谓明日的常识，新时代的文艺关联于哲学且须取代旧世的宗教。川端康成主张艺术与哲学结合，担负起宗教的功用。

1914年5月，川端康成相依为命的祖父去世。其祖父对中国的风水学和中药颇有研究，却未能实现世间推广的志向。祖父的喜好与过世，对川端的性格形成乃至文学特征都有影响。他的《十六岁的日记》便记于祖父患病卧床期间，其盯盯看人（默然凝视）的习惯，据说亦与常年伴随因白内障失明的祖父生活相关。日本学者原善的研究专著《川端康成的魔界》中提出了一个所谓的“魔界”概念，且提到川端文学的“破伦性”或反道德侧面有放大化的倾向。所谓“破伦性”，中文似乎没有这个词语，它显然不能等同于“乱伦性”。那么如何理解“破伦性”呢？或可理解为破坏或打破固有的传统伦理观念？只破不立，亦非为打破而打破。这里的“破伦性”，显然包含了川端康成独具的哲学性思考，“魔界”体现的正是这样的“破伦性”。在川端的诸多作品中可窥见一个老年艺术家孜孜以求于新创造的身影。高慧勤的序（见“川端康成经典辑丛”《雪国·琼音》）已将川端文学解读得异常透彻，此处不再赘述。仅借此机会简单绍介几位日本著名文学史论家或著名作家对川端康成的评价。

评论家伊藤整认为，将丑转化为美乃川端作品的一大特性。

"残忍的直视看穿了丑的本质，最后必然抓住一片澄澈的美，必须向着丑恶复仇。"他说这是川端的"力量所在"，川端康成的两种特质有时会"在一种表现中重叠"，有时会获得更大的成功。他说："在批评家眼中，二者对立无法调和却奇妙融合，有机地结为一体。"基于此，他分析道："唯有川端氏拥有那种无与伦比的能力抵达真与美的交错点。"川端本人的说法是："无论存有怎样的弱点，只要持之以恒就会对彼者的安心立命发挥作用。"伊藤整又说："由此可见这位最爱东方经典的作家的心路历程。"川端康成的文学史意义在于，一方面他是在"马克思主义与现代主义对立、交流中"获得成功的批评家，另一方面"他又脱离了当时的政治文学和娱乐文学，继承并拯救了大正文坛创发的体现人性的文学"。

三岛由纪夫将川端称作"温情义侠"，从不强买强卖推销善意，对他人不提任何忠告，只是让人感受"达人"般"孤独"的"自由自在的生活方式"，同时川端的人生全部都是"旅行"，川端被称作"永远的旅人"，川端的文学也反映出川端的人生态度。三岛由纪夫在《永远的旅人——川端康成·人与作品》中解说道，松尾芭蕉在《幻住庵记》中有如下一句"终无能无才一筋相连"，这也是川端康成作品与生活的最终写照。他说与川端作品的造型细部相比，作品的整体构成最终呈现的是某种造型的放弃，原因是相同的艺术观和相同的生活态度。三岛由纪夫对川端的高度评价是——近代作家中，唯川端康成一人"可体味中世文学隐藏的韵味，即一种绝望、终结、神秘以及淡淡的情色，他完全将之融入了自己的血液"。三岛的评价如雷贯耳。"温和的侠义之人"川端与伪善无缘。普通人很难达到此般"达人"的境界。川端重视人与人之间的和谐，与世无争且善于社交，也被称作“文坛的总理大臣”。

著名文学史论家中村光夫则说，横光利一体现“阳”，属于“男性文学”，其文学的内在戏剧性在《机械》中明显表征为“男性同志的决斗”；而川端康成体现的则是“阴”，乃属“女性文学”。某种意义上，横光具有积极的“进取性”，终生在不毛之地进行着艰苦的努力，“有人说他迷失了自己的文学”；相比之下，川端学习了“软体动物的生存智慧”，看似随波逐流却成功地把“流动力”降到最小限度。中村认为，恰如生田长江所指出的，横光“始终扮演播种的角色”，川端身处同样的彷徨却有巨大的收获。这种对立给人一种“冷酷的狡诈”感。中村光夫则认为，川端康成作为批评家亦属一流，总能看破文坛动向的实质，继而在面对时代潮流时显现为一种逃避的态度，实际上却尤为切实地耕耘着自己脚下的土地。

许多读者关心的是，如何看待川端康成与日本第二位诺贝尔文学奖获得者大江健三郎的差异性。已故川端学会会长羽鸟彻斋写过相关论文。另一位资深的川端文学研究者原善则认为，川端康成和大江健三郎是两个类型完全相异的作家，没有太大的可比性。恰如同为诺贝尔文学奖获奖作家的海明威与福克纳，将二者进行比较没有太大的意义。川端康成与大江健三郎的文学理念截然不同，他们是完全不同的文学大家。原善强调，在自己眼里大江健三郎更是一个伟大的信徒或使者，对大江而言他未必绝对需要文学这样一个媒体；而川端康成不然，他说自己的风格“注重联想”，或者说他的创作并非基于大脑，他的表达唯有通过文学的媒介才能实现。

总之，川端康成的文学感受性出类拔萃。1968年10月17日，他作为日本作家首获诺贝尔文学奖。如前所述获奖的理由是，

"以杰出的感受性表现了日本人的心灵精髓，给世界人民以深刻的感铭"。获奖的作品有《雪国》《千鹤》《古都》等。1968年12月10日，川端康成身着和服正装、挂着文化勋章出席了在斯德哥尔摩音乐厅举行的诺贝尔奖颁奖仪式。12日，在瑞典科学院，川端身着西装用日文做了获奖纪念演说《序说——我在美丽的日本》[1]。演说中，川端康成引用了道元、明惠、西行、良宽、一休的和歌诗句，配有英语同声传译。川端康成的人生轨迹跨越了两次世界大战，其作品是对那个时代的反映。那些独白式的系于和歌的作品本身，并未受到时代思想或世态左右，展现了作家自身的艺术观或澄澈的诗性。值此川端康成逝世五十周年，日本文坛、中国文坛乃至国际文坛正出现新的"川端文学热"。

2022年4月，日本新潮文库刊行了川端康成的私小说《少年》。这篇小说是重要而奇异的作品，早就收录在《川端康成全集》中，最早的单行本是1951年的目黑书店版，现时隔70年再次出版。小说涉及旧制中学宿舍的美少年学弟，似有潜在的特殊关系。有人认为这里潜藏着不为人知的青春蹉跌，这样一部独特之作，竟关联于《伊豆舞女》之川端文学的原点？当然这不过是一家之揣测。

此次出版新的十卷本汉译《川端康成经典辑丛》，也在因应这位日本现代文学大家的纪念活动。不言而喻，此次的经典辑丛是在高慧勤主编的《川端康成十卷集》（河北教育出版社2000年版）的基础上新编的，新的十卷集沿用了高慧勤及部分原班译者的译作，也有部分删减（篇幅等原因）和新译。高慧勤是我恩师，我与高慧

1　高慧勤译作《美丽的日本与我》。

勤老师共同主编了汉译《芥川龙之介全集》。而在当年高慧勤主编的《川端康成十卷集》中，第十卷的《文学自传·哀愁》也是我与侯为翻译的。高慧勤的日本文学译作，在国内的日本文学翻译界早被奉为圭臬。高慧勤主编的《川端康成十卷集》受到极高的评价。庆幸与高慧勤老师联袂主编新一套汉译川端康成选集。共同主编的原因如前所述，一是此经典辑丛在旧十卷的基础上编集而成，二为满足出版方和读者的阅读需求。高慧勤老师的译序，乃洋洋洒洒两万余字的鉴赏文，深入、细腻，充满感性体悟和理性剖析，绝非四平八稳的“川端康成论”所可比拟。同时，“高序”体现出了充溢的知识性和灵动的文艺性，纯然一篇文字优美、分析到位、感情充盈的散文名作。虽因篇幅之故略有删减，但此番沿用的高慧勤序，仍忠实保持了原作的主要观点和言语风貌。

作为新十卷的主编之一，简短补充寥寥絮语。期待给读者奉上一套精雕细琢的《川端康成经典辑丛》。

2022年5月于长安